KB235535

The Seed

시드

김형신
퓨전 판타지 소설

FUSION FANTASTIC STORY

시드 5권
김형신 퓨전 판타지 소설

초판 1쇄 찍은 날 § 2009년 9월 23일
초판 1쇄 펴낸 날 § 2009년 9월 29일

지은이 § 김형신
펴낸이 § 서경석

편집장 § 문혜영
편집책임 § 정서진
편집 § 주소영

펴낸곳 § 도서출판 청어람
등록번호 § 제1081-1-89호
등록일자 § 1999. 5. 31
어람번호 § 제1-1075호

주소 § 경기도 부천시 원미구 심곡2동 163-2 서경B/D 3F (우) 420-822
전화 § 032-656-4452 팩스 § 032-656-4453
http://www.chungeoram.com
E-mail § eoram99@chollian.net

ⓒ 김형신, 2009

ISBN 978-89-251-1938-0 04810
ISBN 978-89-251-1794-2 (세트)

김형신 퓨전 판타지 소설
FUSION FANTASTIC STORY

THE 시드 SEED

The Seed

⑤ |Clown|

청어람

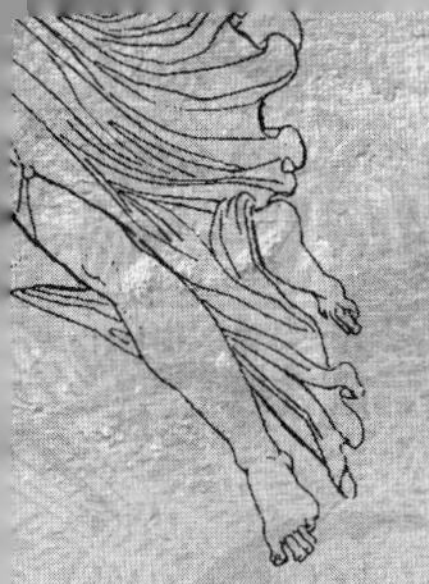

Contents

CHAPTER 01
피의 소용돌이

"이곳이라면 들키지 않을 거야."

에스가 마법진을 그리며 얘기했다.

모두는 왕궁에서 곧바로 마르트 왕국으로 이동하지 않았다.

아폴레의 마법 실력이라면 얼마든지 이동한 위치를 추적할 수 있을 테니, 흔적을 남기지 않기 위함이었다.

그래서 다른 곳으로 텔레포트했고, 그곳에서도 한참을 걸어 이동한 뒤 마르트 왕국으로 향하는 마법진을 작업하고 있었다.

'공작님……'

시드는 마법진에서 시선을 돌려 프리야를 쳐다봤다.

그는 벨트라의 어깨에 걸쳐진 채 아직 정신을 차리지 못하고 있었다.

'일어나면 한바탕 소란이 벌어지겠군.'

시드는 쓰게 웃었다.

평소 프리야 공작의 성격이라면 충분히 예상 가능한 일이었다.

하나 어쩔 수 없는 선택이었다. 이곳에서 아무것도 하지 못한 채 죽을 수는 없었다.

자신들은 물론, 프리야 공작도 말이다.

"가지."

마법진을 완성한 에스의 얘기에 시드와 벨트라는 그녀의 곁으로 다가갔고, 곧 빛무리와 함께 모습을 감췄다.

*　　*　　*

"크으윽."

두 눈을 뜬 프리야는 밀려오는 두통에 이마를 부여잡았다. 그리고 주위를 살피며 힘겹게 몸을 일으켰다.

푹신한 침대가 있는 방 안이었다.

그리 크지는 않았지만 꽤 기품 있는 장식들이 있어 평범한 집안은 아니라고 생각됐다.

'도대체 어떻게 된 건지…….'

프리야는 자신의 기억을 더듬었다. 왜 이곳에 누워 있는지 곧바로 깨닫지 못한 탓이다.

그리고 마치 꿈과 같은 기억들이 하나, 둘 깨어났다.

왕궁에서 벌어진 일. 더불어 시드를 만난 것까지.

"주군!"

프리야는 저도 모르게 벌떡 일어서며 소리를 질렀다. 그런 공작의 얼굴은 새파랗게 질려 있었다.

왕궁에 위험이 들이닥쳤는데… 자신은 이렇게 누워 있다니?

그뿐 아니었다. 분명 수하들 역시 왕궁으로 향했다. 그들은 어떻게 됐다는 말인가!

"어머, 일어나셨네요?"

그때 누군가가 문을 열고 안으로 들어왔다.

긴 은발 머리카락이 너무나 잘 어울리는 소녀 메리아였다.

"이렇게 움직이면 안 돼요. 누워서 이 차 좀 드셔보세요. 회복에 좋은 것이에요."

메리아의 손에는 김이 모락모락 피어오르는 찻잔이 쟁반에 들려 있었다.

이제 깨어날 때가 됐다는 사실을 알고 있던 에스가 그녀에게 시킨 것이었다.

"너는 누구냐? 여기는 어디고?"

하지만 프리야 공작은 차를 마실 생각이 없었다.

다급히 왕궁으로 가야 했다. 그러기 위해서는 이곳이 어디인지부터 알아야 빠른 길을 찾을 수 있었다.

"이곳은 마르트 왕국이에요."

"마르트?"

“네. 그리고 저는… 시드 오빠의 여동생이고요.”

“시드!”

프리야 공작의 얼굴에 노기가 서렸다.

시드라는 이름은 반가웠다. 아니, 시드를 만났을 때 상황만 그렇지 않았더라면 자신이 먼저 달려가 끌어안았을 정도였다.

그러나 지금은 달랐다.

자신을 막아선 이는 다름 아닌 시드였다.

왕궁이 위험에 처했고, 주군의 생사조차 알 수 없는 와중에 말이다!

그렇기에 노기가 끓어오르며, 무서운 얼굴이 되어버렸다.

“시드는 지금 어디 있느냐. 아니다, 일단 나는 가겠다.”

프리야 공작은 시드를 찾다가 고개를 저으며 자리에서 일어섰다.

시드가 직접 모습을 드러낸 이상, 앞으로 언제든지 만날 수 있을 것이다. 지금 우선순위는 다름 아닌 주군과 수하들의 생사였다.

자신이 직접 달려가 확인해야 했다.

또한, 어찌 된 영문인지도 정확하게 파악해야 한다.

“죄송합니다만… 보내드릴 수 없습니다.”

그 순간 들린 또 다른 누군가의 목소리에 프리야 공작의 시선이 문 쪽으로 향했다.

그곳에는 낯익은 모습의 한 청년이 서 있었다. 어릴 때보다 더욱 멋지고 늠름해진 시드였다.

“오빠!”

시드를 발견한 메리아가 안도하며 그의 품에 안겼다.

티를 내진 않았지만 화내는 프리야 공작으로 인해 내심 무서웠던 탓이다.

“시드! 무슨 소리냐! 그곳에는…….”

“압니다.”

시드는 웃는 얼굴로 메리아의 머리카락을 쓰다듬어 주다가 얼굴을 굳히며 대답했다.

지금 프리야 공작의 속을 자신이 왜 모르겠는가…….

“그래도 보내드릴 수 없습니다. 이미 늦었으니깐요.”

“뭐라고……?”

프리야 공작의 안색이 급변했다. 시드가 자신한테 거짓말을 할 이유가 없었다.

“그 말은…….”

“공작님이 도착하셨을 땐 이미 모두 끝난 상황이었습니다.”

사실 시드는 확신하지는 못했다. 단지 그럴 것이라는 추측이었다.

다만 프리야 공작에게는 이렇게 말하는 것이 낫다고 판단한 것이다.

“그, 그럴 리가 없다. 아니, 설령 그랬다 할지라도 나는 갔어야 했다! 더군다나 나의 기사들도 왕궁으로 향하고 있다!”

시드는 슬픈 눈동자로 프리야를 쳐다봤다.

그 깊은 눈빛에 프리야는 잠시 아무런 말을 하지 않았다.

화가 치미는데도 표현을 할 수 없었다. 자신보다 오히려 시드가 더욱 괴로워 보이는 탓이었다.

"그게 당신의 충성입니까?"

시드가 가라앉은 목소리로 물었다. 더불어 손짓과 함께 메리아를 방에서 나가도록 했다.

"주군의 복수를 위해 헛된 죽음을 맞는 게 충성이냐고 물었습니다."

"적어도 비겁하지는 않다!"

프리야는 지지 않고 맞섰다.

시드의 판단이 틀리지 않다는 사실을 프리야 역시 잘 알고 있었다.

하나 사람은 이성적으로만 살 수 없는 법이다. 때로는 가슴이 시키는 대로 가는 것이다. 그리고 더욱 중요한 의라는 게 존재했다.

절대 주군의 위험을 눈앞에 두고 피하는 일 따위는 용납할 수 없었다.

"비겁하다 할지라도… 주군의 복수를 갚아주는 것 역시 충성입니다."

프리야 공작은 잠시 대꾸를 할 수 없었다.

안다. 다 안다. 그러나… 프리야 공작의 주먹에 힘이 불끈 들어갔다.

"적들은 강합니다. 공작님은 물론 저와 모두가 힘을 합쳐도 현재는 이길 수 없습니다. 한데 공작님이 지금 무모하게 사라지신다면… 남은 이들은요? 공작님만 믿고 따르는 그들은요! 그리고 복수는요!"

시드는 크게 소리쳤다.

프리야 공작에게 이토록 격정적으로 얘기를 한 적이 있었던가?

물론 이해는 한다. 그의 가치관과 자신의 가치관이 다르기에. 그렇지만 이대로 죽게 만들 수는 없었다.

"그들을… 알고 있나?"

아무런 말 없이 시드를 바라보던 프리야 공작의 전신에서 살기가 내뿜어졌다.

아직 실체를 정확히 파악할 수 없는 침입자들을 향한 것이었다.

"알고 있습니다."

시드는 숨기지 않고 대답했다. 어차피 프리야 공작도 알아야 할 일이었다. 이제 같은 길을 걷게 될 테니 말이다.

"그들이 누구인가! 아니, 그보다 나의 기사들은……."

"그분들은 염려하지 마십시오."

시드는 간단하게 자신과 만난 이후의 사정을 설명했다.

프리야 공작은 마르트 왕국에 도착한 지 30분이 채 지나지 않아 깨어났다.

다른 이들이라면 아침까지 의식을 차리지 못하겠지만, 마탈급은 과연 달랐다.

그리고 블스에게 부탁을 했다. 왕궁으로 향하는 프리야 공작의 기사들을 막고, 그의 저택으로 가 남아 있는 자들을 피신시키라고.

아폴레는 프리야를 잡기 위해서라면 무슨 짓이든 할 테니.

"다만 도움이 필요합니다."

"도움?"

"네. 처음 보는 제 동료들의 말을 쉽사리 따라주지 않을 수 있습니다. 그렇기에 공작님께서 나서주셔야 합니다."

"어떻게 말인가?"

"통신을 해주십시오. 현재 전 검은 달의 마스터인 블스님께서 공작님의 저택에 가계십니다. 통신을 통해 블스님의 뜻에 공작님도 동의한 것이라고 알려주세요."

프리야 공작은 생각할 겨를도 없이 고개를 끄덕였다.

가슴속에서는 여전히 분노와 슬픔이 치밀어 올랐다.

자신을 이리로 데리고 온 시드 역시 쉽사리 용서되지 않았다.

하지만 일단 급한 것은 아직 살아 있는 자신의 신하들이었다.

"이제 얘기해 주겠느냐."

통신을 끝낸 프리야 공작이 체념한 목소리로 물었다.

시드는 잠깐의 시간이었지만 그가 몇 년은 더 늙어 보인다고 느끼며 말없이 술잔을 들었다.

통신을 끝내자마자 곧바로 왕궁으로 가겠다며 계속 고집을 피운 그를 말린다고 자신 역시 진이 빠져 있었다.

"어디서부터 말씀드려야 할지……."

독한 술을 단숨에 비운 시드가 독백하자 프리야는 대답을 하지 않은 채 시드를 응시했다.

시드는 고개를 끄덕이며 처음부터 모든 것을 말하기 시작했다.

자신이 왜 사라져야 했고, 반역을 일으킨 이들이 누구인지를.

"마, 말도 안 되는 소리!"

프리야가 소리를 지르며 자리에서 벌떡 일어섰다.

그의 얼굴은 붉게 상기됐으며, 온몸이 벌벌 떨리고 있었다.

그만큼 지금 듣게 된 시드의 얘기는 도저히 믿을 수가 없었다. 아니, 있어서는 안 되는 일이었다.

"저를 믿지 못하십니까?"

시드는 진심을 드러내며 그를 빤히 쳐다봤다.

예상했다. 리스네를 그토록 아끼는 프리야 공작이었기에 쉽사리 받아들이지 못할 것이라고.

하지만 진실은 변하지 않는다.

"그, 그 아이가… 그럴 리가 없다!"

"가면을 쓰고 있는 리스네라면요."

"아니야… 아니야……."

프리야 공작은 고개를 내저으며 힘없이 의자에 주저앉았다.

왕궁으로 돌아가기로 결정했을 때 혹시나 싶었다. 추측이
한 인물과 연결되자 불안함으로 돌변했기에.

그렇지만… 그 혹시나에 리스네는 존재하지 않았다.

아폴레라면 몰라도 리스네 그 아이만큼은 절대 아니었다.

그런데 반역에 동참한 것도 모자라 시드의 힘을 뺏고 죽이
려 했다니!

"퍼즐은 하나의 길을 알게 되면 맞춰집니다. 지금 저는 공작
님에게 그 길을 알려 드렸고요."

시드는 그 말과 함께 자리에서 일어섰다.

이제 남은 것은 공작에게 생각할 시간을 주는 것이다.

재촉해 봤자 그가 스스로 납득하기 전까지는 인정하지 못할
테다.

"저는 리샤르에 다녀오겠습니다."

블스가 어련히 잘하겠지만 프리야 공작을 조금이라도 안심
시키기 위해 자신이 나서는 편이 좋았다.

"나도 가겠네!"

프리야 공작이 시드의 손목을 붙잡았다. 하지만 시드는 고
개를 저었다.

그가 리샤르에 가게 된다면 어떤 돌발 상황이 일어날지 알
수 없었다. 지금은 이곳에서 쉬게 하는 것이 맞았다.

"저를 믿어주세요."

시드는 그 말과 함께 프리야 공작의 손을 꽉 잡아준 뒤 방문
을 닫고 나왔다.

“부탁드립니다.”

그리고 벨케를 향해 얘기했다.

만약 프리야 공작이 움직인다면 그를 막을 수 있는 사람은 벨케밖에 존재하지 않았다.

“알겠다. 너의 부탁이 아니더라도 꼭 그래야만 하겠지.”

벨케는 실소를 흘리며 시선을 살짝 옆으로 돌렸다.

그의 눈동자는 에스에게 닿았지만, 에스가 눈을 차갑게 부라리자 언제 그랬냐는 듯 딴청을 피웠다.

“나도 같이 가야 되겠지?”

에스가 술잔을 내려놓으며 일어섰다.

리샤르에 가기 위해서는 그녀의 텔레포트가 필요한 탓이다.

“그래 주시면 감사하죠.”

시드가 넉살 좋게 웃으며 대답했다.

안 그래도 에스에게 부탁하려 했었다. 그곳까지 혼자 가기에는 쉽지 않으니.

“그러면 다녀오겠습니다. 갔다 올게.”

일행에게 인사를 한 시드는 메리아와 샤인을 한 번씩 안아주고 에스와 함께 밖으로 나갔다.

그 시각 프리야 공작은 이마에 손을 짚은 채 시드의 말을 반복적으로 되새기고 있었다.

의심할 부분은 존재하지 않았다. 그러면서도 한편으로는 모든 얘기가 거짓말 같았다.

그만큼 리스네를 아끼고 믿었기에 진실 자체를 부정하고 싶은 마음이었다.

그러나 정말 반역에 리스네도 가담한 것이라면 더 이상 진실을 회피할 순 없었다.

"도대체 왜… 왜!!"

콰앙!

프리야는 탁자를 주먹으로 내려치며 고함을 질렀다.

그로 인해 산산조각이 나며 소음이 퍼졌지만 아무도 들어오지 않았다. 그만의 시간을 갖도록 배려하는 것이었다.

"꼭 이래야만 했니……."

머릿속으로 리스네의 모습이 스치고 지나갔다.

어릴 때부터 봐왔던 그녀이기에 많은 추억이 함께하고 있었다.

그런데 지금까지는 정말 한사코 몰랐다.

그 천사의 모습 안에 감춰진 증오와 서글픔으로 가득 찬 악마를 말이다.

이세스를 부활시키기 위해 그녀를 도와준 시드의 힘을 빼앗고 죽이려 했으며… 이제는 반역까지.

"내가 어떻게 해야 하느냐……."

프리야는 가슴이 뜨겁게 타올랐다.

슬픔, 좌절, 원망, 그리고 미안함… 그 모든 감정들이 하나로 뒤엉키며 프리야의 심장을 쉬지 않고 쑤셔댔다.

주군을 지키지 못해서 안 그래도 괴로운 그에게 감당하기 힘든 충격이었다.

‘리스토······.’

자신의 친구인 리스토를 떠올리며 프리야는 쓰게 웃었다.

그가 생전에 했던 말들이 떠올랐다. 그래, 그는 리스네에 대해 모든 것을 알고 있었다.

그런데 자신은 그의 말을 흘려들었다.

리스네는 그런 아이가 아니라는 확신 하나로 말이다.

‘나만 바보였군··· 나만 멍청했어······.’

모든 진실이 밝혀진 지금, 프리야는 자신의 모습이 너무나 한심해서 견딜 수가 없었다.

자기만의 세상에 갇혀 사는 우물 안 개구리.

그게 바로 자신이었다.

*   *   *

“블스님.”

“어이. 응? 저 소녀는 누구냐?”

해가 뜨지 않은 새벽녘.

통신을 이용해 위치를 안 시드가 도착하자 블스가 에스를 보며 물었다.

“벨케님의 친구분이세요.”

“에에?”

시드를 통해 벨케에 관한 얘기를 들은 블스의 두 눈이 커졌다.

벨케와 눈앞에 있는 어린 소녀가 도저히 친구로 매치가 되지 않은 탓이다.

그러나 깊게 파고들지 않으며 블스는 에스를 향해 살짝 고개를 숙였다.

"반갑습니다. 저는 블스라고 합니다."

"저는 니콜입니다."

"나는 에스라고 한다."

반말에 니콜은 살짝 울컥했지만, 분명 자신들보다 나이가 많으리라 믿으며 애써 티 내지 않았다.

"어떻게 됐어요?"

시드는 주위를 둘러보며 물었다.

그곳에는 검은 딜의 실수로 보이는 인물 몇이 존재해 있었다.

"현재 저택에 기거하는 신하분들은 모두 이동시켰다. 그리고 전투를 치르러 갔다가 돌아오고 있는 이들은 아폴레와 리스네에게 들키지 않는 위치에서 기다리고 있고. 물론, 그들이 의심하지 않도록 저택의 신하들도 함께 말이다."

"그렇군요. 그런데 주문서나 텔레포트를 이용하는 사람들은……."

얘기를 꺼내는 시드의 얼굴이 어두워졌다.

처음부터 알고 있었다. 모두를 무사히 구하기란 어렵다는 사실을.

그렇지만 알면서도 마음이 불편한 것은 어쩔 수 없었다.

“그들마저 구하기는… 힘들지.”

블스 역시 안타까운 표정이었다.

가능한 한 많은 이들을 살리고 싶지만 아폴레와 리스네에게 들킨다면 남아 있는 이들조차 위험해진다.

“알겠어요. 어쩔 수 없죠.”

시드는 그 말과 함께 짧게 숨을 내쉬며 고개를 돌렸다.

그런 시드의 시선이 향한 곳은 왕궁이 있는 방향이었다.

거리가 멀어 당연히 보이지 않았지만 마치 곁에 있는 것처럼 아폴레와 리스네가 느껴지는 것 같았다.

그녀들은 드디어 속내를 드러내며 반역을 성공시켰다.

이제 리샤르는 그 둘에 의해 지배될 것이며, 자신들은 완벽하게 리샤르 자체를 적으로 두게 됐다.

앞으로의 사투는 지금보다 더욱 힘들어질 것이 뻔했다.

‘그렇지만… 쉽게 무너지지 않는다.’

처음과 달리 든든한 지원군들이 곁에 있었다.

프리야 공작 역시 진실을 알게 됐으니 함께하리라 확신했다.

또한, 아무리 리샤르의 힘을 얻었다 할지라도 마르트 왕국을 침범하기란 쉽지 않을 테니, 시간적 여유도 존재한다.

비록 그 시간이 얼마나 길고 짧은지는 알 수 없으나 무슨 수를 써서라도 그 안에 아폴레와 리스네에게 대항할 힘을 키워야 한다.

그렇게만 된다면 리스네가 아닌 리샤르라 할지라도 이길 자신이 있었다.

‘리스네… 너와 나의 전쟁은 이제 시작이다.’

*　　　*　　　*

“다녀왔느냐.”

왕의 집무실에 앉아 여유롭게 차를 음미하던 아폴레는 리스네가 들어오자 차에서 시선을 떼지 않은 채 물었다.

“네. 그런데…….”

“찾지 못했나 보구나.”

리스네는 숨기지 않은 채 고개를 끄덕였다.

“어디로 이동했는지는 알겠지만 아무래도 예상을 한 짓 같아요.”

“일부러 다른 곳으로 갔다?”

“네.”

“후후. 머리를 쓰는군…….”

아폴레는 요염하게 웃으며 입술을 혀로 핥았다.

쥐새끼들이 누구인지 대충 짐작이 갔다. 이세스가 큰 부상을 입었을 때 시드와 벨케에 관해 얘기를 들었기 때문이다.

그런데 의문점은 왜 왔냐는 것이다.

그들이 찾아왔다는 것은 왕궁 내에서의 일을 알아차렸다는 것인데 막아내기 위해서 온 것은 아니었다.

그러기에는 너무 늦은 타이밍이었으며, 또한 소규모 인원이었던 것이다.

아무리 괴물 같은 자가 있다 할지라도 이세스와 카란, 자신이 있는 이상 그들에겐 승산이 없었다.

하나 위험을 무릅쓰고 찾아왔다는 것은 분명 무언가 목적이 있다는 뜻이었다.

'그게 무엇일까.'

아폴레는 미간을 찌푸렸다.

시드는 절대 손해 보는 짓을 하지 않는다. 그동안 리스네에게 전해 들은 얘기로도 충분히 알 수 있었다.

그런 소년이 도박을 걸 만한 것이 도대체 뭐가 있을까.

"잠깐……."

순간 어떤 생각이 스쳐 지나간 아폴레의 눈동자가 치켜떠졌다.

한 남자가 스쳐 지나갔다. 자신과 같은 공작이자 마탈 급인 그… 그라면 시드가 모험을 할 만한 가치가 있었다.

"프리야 공작의 저택에 지금 당장 다녀오거라."

"설마."

아폴레의 심상치 않은 분위기에 리스네는 얼굴을 굳혔다.

어차피 아침이 오기 전에 찾아가 그의 신하들을 모두 제압할 계획이었다. 그들은 절대 자신과 같은 편이 되지 않을 테니, 제거하기로 마음먹은 것이다.

"그 소년이라 가정했을 때, 그가 왕궁을 찾아와 우리를 막지 않고 사라졌다면 누군가를 데리고 가기 위함이라는 판단이 맞겠지. 그 누군가는 프리야 공작일 확률이 크다."

"하지만… 프리야 공작이 이상한 낌새를 차리고 돌아왔다 할지라도 시드가 어떻게?"

그녀들은 시드와 벨케가 프리야 공작을 미행했다는 사실을 알 수 없었다.

"일단 다녀오거라. 갔다 온다면 확실해지겠지."

아폴레는 대답하지 않은 채 다시 재촉했다.

사실 프리야 공작 하나의 힘은 두렵지 않다. 또한 그의 가문도 마찬가지다.

이미 대세가 기운 판국에 그들은 얼마든지 몰살시킬 수 있는 힘이 있었다.

하나 또 다른 세력과 합치게 된다면 꽤 귀찮게 될 디었다.

"알겠습니다."

리스네는 대답과 함께 카란을 불러 다급히 프리야 공작의 저택으로 텔레포트를 시전했다.

왕궁에 설치된 고대의 마법은 해제됐기에 아무런 방해가 존재하지 않았다.

그렇게 도착한 프리야 공작의 저택.

입구에서부터 리스네의 얼굴은 어두워졌다. 아무리 새벽이라 할지라도 기척이 전혀 존재하지 않았다.

새벽에도 병사들이 돌아가며 경비를 하기에 작은 소란이라도 있어야 할 텐데 말이다.

또한 자신이라면 몰라도 카란까지 고개를 젓는 것을 보면 아폴레의 추측이 들어맞았다고 보는 게 옳았다.

그러나 확인도 하지 않은 채 돌아갈 수는 없는 법.

리스네는 불안함을 애써 떨쳐 내며 카란과 함께 저택 안으로 들어갔다.

프리야 공작의 저택에는… 그 누구도 존재하지 않았다.

*　　　*　　　*

아침이 밝았다.

시드는 그제야 마르트 왕국에 프리야 공작의 신하들과 함께 돌아올 수 있었다.

하지만 시드의 표정은 밝지 못했다.

간절했고, 노력했음에도 불구하고 생각보다 많은 이들을 구해내지 못한 탓이었다.

기존 토벌을 떠났던 100명의 기사 중 같이 돌아온 이들은 채 절반에도 미치지 못했다.

길이 어긋나기도 했으며, 다른 경로로 왕궁에 직접 간 이들도 존재했다.

'해결해야 될 일들이 많군.'

시드는 홀로 연무장을 찾아가 조용히 생각에 잠겼다.

메리아와 샤인은 잠들어 있었기에 그런 시드를 방해할 이는 존재하지 않았다.

시드의 걱정 중 첫 번째는 다름 아닌 거주 문제였다.

절반도 구하지 못했지만 저택에 있던 신하들까지 포함해 100명이 넘는 인원이 늘어났다.

이들 모두가 바에튼의 저택에서 지낼 순 없었다. 잘 공간이 없는 탓이었다.

물론, 정원에 잘 곳을 마련할 수도 있으나 그것도 하루, 이틀이었다.

두 번째는 다름 아닌 프리야 공작이었다.

그는 언제나 단단하게 한길만을 바라보며 걸어왔다.

한데, 하루아침에 모든 것이 뒤틀렸으며 잃고 말았다. 아무것도 하지도 못한 채.

그렇기에 시드는 그가 불안했다. 단단했던 만큼 너무나 쉽게 부서지지 않을까 하고……

현재 프리야 공작은 잠들어 있었다.

벨케가 에스가 남겨둔 마법 수면제를 먹인 것이다.

몸은 물론 정신적으로도 휴식이 필요한 듯해서 벨케가 내린 선택이었다.

'또한 힘의 격차를 극복해야 한다.'

아폴레가 리샤르의 힘만으로 마르트를 협박할 순 없을 것이다. 워낙 타 왕국을 적대시하기에 동맹을 맺을 수도 없고 말이다.

그러나 위험은 언제나 존재했다.

예전처럼 소수의 인원으로 자신들을 또 추적할 수도 있었다. 그러니 마르트라 할지라도 완벽하게 안전한 것은 아니었다.

만약 그런 사태가 또다시 발생한다면 그때는 목숨을 장담할 수 없게 된다.

당시는 벨케와 에스라는 비장의 카드를 그들이 몰랐지만, 이제는 알기 때문이다.

아직 그들이 모르는 카드가 있다고 한다면 검은 달을 들 수 있겠지만, 검은 달로는 위협이 되지 못한다.

카란이 없고, 습격을 받은 이후 예전의 힘을 갖추지 못하고 있으니.

'나뿐 아니라 모두가 강해져야 한다.'

한 배를 탔다. 하나 되어 노력해서 성장해야 한다.

그렇지 않으면 아폴레, 리스네, 그리고 리샤르라는 거대한 적에게 집어삼켜질 것이다.

"여어, 뭐 하냐?"

그때 누군가의 목소리가 들려 시드는 고개를 돌렸다. 그곳에는 벨케가 실실거리며 다가오고 있었다.

"혼자 있고 싶어서요."

"그래?"

대놓고 자신의 속내를 비췄것만, 무시한 채 옆에 앉는 벨케의 센스!

시드는 그러면 그렇지, 라고 생각하며 실소를 흘렸다.

"어린놈이 자꾸 그러다가는 애늙은이가 된다."

벨케는 시드가 무엇을 걱정하는지 잘 아는 듯 시선을 마주치지 않은 채 중얼거렸다.

"하긴… 이미 얼굴은 늙은이지만."

잊을 만하면 나오는 노안 폭로!

시드는 내심 울컥했지만 꾹 눌러 참았다.

그러나 지금은 참을 수밖에 없었다. 벨케는 감히 자신이 상대할 수 없는 존재니.

하나 언젠가 그를 넘어서는 날이 오면 잊지 않고 되갚아줄 테다!

'그날이 올까?'

시드의 얼굴에 씁쓸함이 지나갔다.

처음 산에서 내려오고 다크 플루닉을 얻었을 때는 소울 급이 눈앞에 다가온 듯했으며, 언젠가는 도달할 것이라 믿었다.

그런데 지금은 소울 급은 커녕… 마탈 급조차 회복하지 못한 상태인데, 적들은 두려울 만큼 강하니 초조함이 커졌다.

어쩌면 이제는 혼자가 아니기 때문인지도 몰랐다.

과거와는 달리 이제는 지켜야 될 소중한 동료들이 생겼기에.

"그건 뭐예요?"

침묵이 연무장을 감쌀 때 시드가 벨케의 손에 들려 있던 접시를 보며 물었다.

그 안에는 노란빛의 액체가 담겨 있었는데 꽤 달콤한 향이 나는 수프 같았다.

"아, 네가 피곤할 거라고 만들었다더군. 회복에 좋을 테다."

벨케는 자신이 온 이유를 떠올리며 수프를 내밀었다.

아직 김이 모락모락 나는 것이 안 그래도 배고팠던 시드의 군침을 돌게 했다.

"고맙습니다!"

시드는 밝은 얼굴로 수프를 받아 들며 단숨에 후르륵 마셨다.

그러나 시드는 머지않아 자신의 실수를 깨닫고 말았다. 누가 만들었는지 미리 물어보지 않은 것이다.

"아이니가 한 것인데 맛있더군! 어때? 피로가 확 날아가지?"

"……"

급격히 피곤해지는 시드였다.

그날 프로티아 대륙은 혼란에 빠져들었다.

새벽 사이 갑작스럽고도 조용하게 일어난 반란은 모두를 경악하게 만들기에 충분했다.

또한, 그 반란에 리스네가 포함돼 있다는 사실은 충격적이었다.

그만큼 리스네는 다른 왕국에서도 성녀라 불릴 정도로 겉으로 철저히 가면을 쓰고 있었다.

하지만 가장 놀란 이들은 다름 아닌 리샤르의 백성들과 이 일에 참여하지 않았고, 전혀 낌새도 알아차리지 못했던 귀족들이었다.

그들은 뒤늦게 모여 대책을 강구하려 했지만 아폴레와 리스네는 빨랐다.

각 영지로 이미 그들이 보낸 수하들이 도달해 강제로 귀족들을 체포하기에 이르렀다.

물론, 그중에서 골라내겠지만 절대 자신의 편이 될 수 없다고 판단되면 아폴레는 그들을 죽여 버릴 계획이었다.

전쟁은 피를 부른다.

하지만 진정한 피는 전쟁이 끝난 뒤에서야 솟구친다.

권력을 잡은 이의 새로운 세계를 위해, 불순물을 없애 버려야 하기 때문이다.

리샤르에 피의 소용돌이가 불어닥쳤다.

"이제 시작일 테지."

바에튼이 슬픈 얼굴로 나지막하게 말했다.

그의 곁에는 벨케와 에스, 시드, 벨트라가 함께 있었는데 그들은 무슨 뜻인지 잘 아는 듯 고개를 끄덕였다.

"그 계집의 성격상 자신의 적을 살려두진 않을 테니."

벨케가 차를 한 모금 마시며 말을 내뱉었다.

에스가 아니더라도 아폴레에 관한 소문은 그 역시 들었었다.

"앞으로 리샤르가 어찌 될지……."

바에튼의 목소리에는 걱정이 가득 묻어 있었다.

어쩌면 사대 왕국의 관계가 뒤틀려 버릴지도 모를 판국이었다. 그만큼 아폴레는 야심이 컸다.

그 짧은 시간에 소리 소문 없이 리샤르를 장악한 것만 봐도 알 수 있었다.

오랜 시간 끓어오르는 야망을 달래며 준비했을 것이다.

은밀하게 힘을 키워갔으며, 귀족들 다수를 자신의 편으로 미리 만들어두는 등 기반을 다졌다.

더불어 가장 골치인 프리야 공작을 그날 왕궁을 떠나게 만들었고, 고대의 마법까지 시전해 자신의 계획을 완벽하게 만들었다.

그렇기에 마르트의 장로 중 한 명인 바에튼은 더욱 심난했다.

이제는 아폴레가 두렵기까지 했다.

그녀는 커다란 힘을 가지고 있었다. 마탈 급인 자신의 힘과 세력뿐 아니라 제자인 리스네와 이세스, 가면의 기사까지.

한데도 자제하고 참을 줄 알았다. 계략을 짜내고, 만약의 경우조차 놓치지 않는다. 고대의 마법까지 펼친 점만 봐도 알 수 있었다.

그런 그녀가 과연 리샤르 하나에 만족할 것인가? 바에튼은 그 점이 가장 불안했다.

물론, 듣기로는 왕에게 과거 악감정이 있었다고는 하지만… 그렇다 할지라도 사람 속은 알 수 없는 법이다.

그녀가 과연 복수를 위해서 반란을 일으킨 것인지, 아니면 반란은 시작이었을 뿐이었는지……

"한데 자네 여기 있어도 되나?"

벨케가 하품을 길게 하며 물었다.

모든 왕국이 리샤르의 일로 비상이 걸려 있었다. 그것은 마르트 왕국이라 해도 다를 바가 없었다.

그렇기에 장로의 자리에 있는 바에튼에게도 분명 연락이 왔을 테다.

"안 그래도 잠시 후에 가봐야 한다네. 회의가 소집됐으니 말이야."

"그 배불뚝이를 또 보겠군."

배불뚝이란 사대 장로 중 한 명인 베부드였다.

"어쩔 수 없지. 그래도 다른 장로들이 있는 자리에선 대놓고 그러지 못하니 염려 말게나. 여튼 거주지가 문제인가?"

"네. 그렇습니다."

아폴레와 리스네를 떠올리고 있던 시드가 끼어들었다.

"흐음. 그것 참 문제로군. 인원이 워낙 많으니."

"그러게요."

시드는 길게 숨을 내쉬었다.

현재의 사람들이 전부가 아니었다. 모두가 아폴레에게 고개를 숙이진 않을 테고, 그중에서 동료가 될 만한 이들도 계산해야 했다.

또한, 지금은 같이 있지 않지만 검은 달도 빼먹을 수 없었다.

언젠가는 그들하고도 합칠 계획을 하는 시드였다.

그러니 앞으로 인원은 더욱 늘어날 텐데, 그들 모두가 지낼 수 있을 정도의 큰 공간은 드물었다.

"아참… 자네, 그 섬이 있지 않은가?"

쉽사리 해결책을 내지 못할 때 무언가를 떠올린 바에튼이 벨케를 보며 말했다.

그러자 벨케는 무슨 뚱딴지같은 소리냐는 듯 의아한 눈빛으로 그를 쳐다봤다.

"무슨 섬?"

"아주 오래전에 자네가 억지를 부려 얻지 않았던가. 경치가 좋다면서!"

"응?"

모두의 시선이 벨케에게 집중됐다. 그러자 벨케는 머리를 긁적이며 기억을 뒤지다가 손뼉을 마주쳤다.

"그렇지! 그래. 섬을 하나 얻었었지. 그 후론 가보지 않았지만."

"정말 너답군."

에스가 실소를 흘리며 말하자 모두는 격하게 동감하며 고개를 끄덕였다.

억지를 부려 섬을 얻어놓고는 가지 않았으며, 이제는 아예 잊어먹고 있었다니?

"그 섬이면 모두가 충분히 지낼 수 있을 거네. 워프 게이트를 설치하면 이동도 얼마든지 자유롭게 할 수 있을 테고."

장소를 기억시키고 왔다 갔다 할 수 있도록 하는 워프 게이트를 설치하기 위해서는 실력있는 마법사가 필요하지만 에스가 있기에 문제가 없었다.

"그러면 나는 이만 가보겠네."

"아아, 그래. 나도 섬을 한번 가봐야겠어. 아참, 바에튼."

"무슨 일인가?"

인사를 하고 회의 때문에 돌아서던 바에튼이 발길을 멈췄다.

그러자 벨케는 진지한 얼굴로 되물었다.

"섬이 어디에 있지?"

모두의 신형이 잠시 휘청거렸다.

"이곳이군."

바에튼에게 한참 동안이나 설명을 들은 뒤에서야 위치를 인지한 벨케가 에스, 시드와 함께 섬을 찾아왔다.

"좋은데요?"

시드는 주위를 둘러보며 진심을 담아 말했다.

오랜 시간 방치되어서인지 지저분한 면도 있었지만 오히려 그렇기에 자연의 아름다움이 한껏 느껴졌다.

거기다가 황금빛 모래알과 해변은 마치 휴양지에 온 듯한 착각을 일으켰다.

'메리아가 왔으면 좋아했을 텐데.'

처음에는 같이 데리고 오려 했지만 저택에 일손이 부족해 그러지 않았다.

갑작스럽게 인원이 늘었으며, 그들에게 지금의 상황을 설명해야 했고, 당분간 지낼 잠자리도 만들어야 했다.

메리아 역시 요리를 돕는 등 바쁘게 움직였다.

또한, 결정적인 이유가 있었다.

바에튼이 간혹 섬에 찾아왔었는데 문제점이 있다고 했다.

오랜 시간 사람의 손길이 닿지 않아서인지 몬스터들이 바글거린다는 것이다.

원래 관리인을 붙여주려 했었지만 벨케가 그럴 필요 없다고 거절한 탓이었다.

그리고 벨케 역시 관리를 하지 않는 동안 몬스터의 천국이 되어버린 것이다.

즉, 오늘 셋이 이곳을 찾은 이유는 위치를 확인하고 섬을 파악하는 부분도 있지만, 몬스터 처치가 첫 번째 목표였다.

"크큭. 떼거지로군."

벨케가 해변가에 손을 적시다 고개를 돌리며 즐거움을 표했다.

사람의 냄새를 맡고 접근했는지 시드 역시 수많은 몬스터들의 살기를 느낄 수 있었다.

'왔구나!'

시드의 입가에 진한 미소가 번졌다.

몬스터들은 돈이다! 더군다나 마르트 왕국의 몬스터들은 유독 다크 몬스터이거나 희귀한 놈들이 많아서 더욱 비싼 가격에 팔렸다.

한마디로 시드에게는 놓칠 수 없는 돈줄들!

"제가 처리하겠습니다!"

시드는 단호하게 외치며 앞으로 나섰다.

그러자 겁없고, 포악하기로 유명한 마르트 왕국의 몬스터들이 잠시 몸을 움찔거렸다!

자신들을 두려워하기는커녕 오히려 반긴다!

그뿐 아니라 입에서는 침을 질질 흘리며 돈! 돈! 중얼거린다!

누가 몬스터인지 구분이 안 될 정도!

곧 오랜만에 돈독 오른 시드가 빠르게 몬스터들을 향해 달려들었다.

CHAPTER 02
프리야와 에스

　세상을 밝게 비춰주던 해가 잠들고 달이 떠올랐을 때, 시드
는 바에튼의 저택에 도착했다.

　벨케와 에스는 워프 게이트를 만들기 위해 아직 섬에 남아
있었다.

　워프 게이트를 완성시키기 위해서는 마법사의 실력도 필요
하지만 대단히 많은 마나와 마나 스톤도 있어야 했다.

　다만 마나는 벨케로 충족됐고, 마나 스톤 역시 바에튼이 지
원해 줬기에 앞으로 남은 것은 시간이었다.

　에스의 말을 빌리자면 이틀 정도면 완성된다고 했다.

　섬과 연결되는 워프 게이트 장소는 다름 아닌 바에튼의 저
택이었다.

혹시 바에튼에게 무슨 일이 생기면 언제든지 도와줄 수 있도록 하기 위한 에스의 배려였다.

"이제 깨어나셨을라나."

저택에 도착한 시드는 무거운 마음으로 안으로 들어갔다.

약을 먹었고, 몸과 마음이 지쳐 있는 상태라 하지만 꽤 오랜 시간이 지났다.

프리야 공작이 충분히 잠을 벗어날 시간이었다.

"오빠!"

"히유! 히유!"

들어서자 정원에서 놀고 있던 메리아와 샤인이 시드를 발견하고 반갑게 달려왔다.

시드는 그 둘을 향해 환하게 웃으며 양팔을 크게 벌렸다. 그러자 둘은 동시에 시드의 품에 안기며 얼굴을 비벼댔다.

하루 종일 곁에 없었기에 많이 보고 싶었던 탓이다.

"그곳은 어땠어?"

궁금증을 참지 못한 메리아가 두 눈을 반짝이며 물었다.

"꽤 좋은 곳이야. 해변도 있고, 규모는 크지 않지만 앞으로 늘어날 인원을 생각해도 모두가 충분히 지낼 수 있을 정도?"

"헤에. 가보고 싶다."

"곧 워프 게이트가 완성되니 그때 같이 가자."

"진짜지?"

"그럼."

시드는 메리아의 머리를 쓰다듬어 주며 옆에 있는 샤인의 볼을 장난스럽게 꼬집었다.

그러자 샤인은 잠시 입술을 삐죽였지만, 기분은 좋은 듯 붙어서 떨어지지 않았다.

“다들 어디 있어?”

“웅? 모두 연무장에 가 있어.”

“연무장?”

“웅… 복수를 하기 위해서라도 쉴 수 없다고.”

“그렇구나. 공작님은?”

“깨어나셔서 지금 방에 계셔.”

“알겠어. 잠시 놀고 있어.”

시드는 그 말을 남기고 프리야 공작이 쉬고 있는 방을 찾아 걸음을 옮겼다.

문득 순간적으로 어두워졌던 메리아의 얼굴이 떠오르며 미안한 마음을 감추지 못했다.

자신으로 인해 어린 나이부터 힘겨운 삶을 보내는 것 같아서……

‘모든 준비를 마치면 바실 할아버지도 모셔올까?

바실과 고아원의 아이들이 곁에 있다면 메리아의 외로움이나 마음의 무게도 줄어들 것 같았다.

하나 문제점은 안전 문제였다.

그들은 평화롭게 지내고 있다. 앞으로 아플레의 정치로 인해 어떤 삶을 보내게 될지는 확신할 수 없지만 적어도 목숨이 왔다 갔다 하지는 않는다.

그런데 자신들과 함께 지내게 된다면 아무런 상관이 없어도 항상 위험에 노출된다.

물론, 적들에게 섬이 발견됐을 때부터겠지만 시드는 그 점이 염려스러웠다.

'한번 얘기를 나눠봐야겠어.'

바실에 관한 의논은 시멘 용병단과 대화하기로 결정한 시드는 숨을 한 번 길게 내쉰 다음 갈색 방문에 노크를 했다.

그곳은 프리야 공작이 쉬고 있는 손님 실이었다.

"시드입니다."

"들어오거라."

그의 낮은 목소리에 시드는 왠지 모를 슬픔을 느끼며 힘없이 손잡이를 열었다.

이때까지 시드의 기억 속 프리야 공작은 언제나 거대하고 절대 넘어지지 않을 법한 나무였다.

목소리에서도 항상 기세와 자신감이 느껴졌었다.

하지만 지금의 그는 언제 쓰러져도 이상하지 않을 정도로 약해진 느낌이었다.

"모두 돌아오지 못했더군."

프리야 공작은 흰색의 얇은 옷을 입은 채 침대에 앉아 있었다.

정황을 알고 있는 것을 보니 신하들과는 이미 만나 얘기를 나눈 것 같았다.

"죄송합니다."

시드는 그의 손짓에 따라 맞은편 의자에 앉으며 진심을 내비쳤다.

"자네가 무슨 잘못이 있겠는가. 그들은 아마 죽음을 피하지 못했을 테지."

시드는 아무런 대답을 하지 않았다.

그럴 수도 있고, 오히려 아닐 수도 있었다. 프리야 공작을 끌어들일 훌륭한 미끼가 될 수 있으니.

"많은 생각을 했고, 그 생각 속에서 해답을 찾기 위해 노력했지."

프리야 공작이 천장을 바라보며 말문을 열었다.

그의 옆에 놓인 빈 병들의 수가 그가 얼마나 괴로워했었는지를 잘 보여줬다.

"그런데 딱히 마음에 드는 길이 없더군."

"그 어떤 길이든 아픈 법이죠. 단지 조금이라도 덜 아프고, 후회가 적은 길을 찾아갈 뿐."

"하하. 그렇지, 그래. 그래서 자네의 길은 무엇인가?"

프리야 공작이 시드를 빤히 쳐다봤다.

'그 눈이다.'

시드는 느낄 수 있었다.

마치 처음 만났을 때, 자신을 시험하던 그때의 그 깊은 눈동자가 자신을 탐색하고 있었다.

"부딪칩니다."

"부딪친다라……."

“공작님께서는 주군의 복수를 꼭 하셔야 된다고 결심했을 것입니다. 저도 마찬가지입니다. 저의 힘을 빼앗아가고, 목숨마저 취하려 했던 리스네에게 기필코 갚아줄 것입니다. 다만…….”

“다만?”

“제 힘과 그녀의 힘의 격차를 절실히 알기에 스스로의 분노와 증오에 감옥을 만들었습니다. 아직은 때가 아니기에, 언젠가 그때가 온다면 저는 감옥의 문을 열 것입니다. 자유롭게 제 모든 것을 불태우기 위해.”

“그렇군… 그래.”

프리야 공작은 시드를 가련하면서도 대견스럽게 쳐다봤다.

어쩌면 오랜 삶을 산 사신이 시드보나 너 철이 없었던 것인지도 모른다.

자신은 이성을 잃어 당장에라도 복수를 하고 싶어 했으나, 시드는 완벽하면서도 진정한 복수를 실현하기 위해 그 감정마저 이겨내며 꾹 눌러 참고 있었다.

그리고 지금까지 하나씩 준비하며 먼 미래를 내다보고 있었다. 저 어린 나이에.

‘어쩌면 그게 자네의 강점이자 슬픔이겠지.’

나이에 맞지 않는다. 모든 면이 나이를 뛰어넘었다.

그렇게 되기까지 삶에 얼마나 큰 시련과 아픔이 찾아왔을지 프리야 공작은 감히 조금이나마 느낄 수 있었다.

그래서 시드와 함께 있으면 마치 친구처럼 느껴질 정도였다.

“자네의 적과 나의 적은 같군.”

“그러게 말입니다.”

시드는 실소를 흘렸다. 그러면서 내심 안도했다.

프리야 공작은 다행스럽게도 강했다. 육체뿐 아니라 내면
역시 마찬가지였다.

한 번에 사라질 뻔하기도 했지만 부드럽게 튕겨냈다.

조금 전의 힘없던 목소리는 사라지고 그에게서 예전의 마주
서기만 해도 압도적이던 기세가 다시 흐르기 시작했다.

“걸어야겠네.”

“…….”

“그 끝에 무엇이 있다 할지라도 나는 걸어야겠어. 그리고 끝
내겠네, 나의 주군을 해한 자들을. 그리고 보겠네, 그 아이의
진심을.”

그 아이란 리스네를 뜻한다는 것을 시드는 잘 알고 있었다.

“같이 걸어주겠나?”

프리야 공작이 손을 내밀며 옅은 미소와 함께 말하자 시드
의 얼굴에 환한 미소가 맺혔다.

시드는 망설임없이 그 손을 잡으며 고개를 숙였다.

“끝까지 함께 가겠습니다.”

*   *   *

“으아아악! 이 악마!!”

“죽어버려!! 아악!”

왕궁 내부에 위치한 고문실에서는 비명이 연신 끊이지를 않았다.

그들은 아폴레의 손을 잡지 않거나, 그녀 스스로가 애초에 자신의 편이 될 수 없다고 판단한 귀족들이었다.

물론 그중에는 그 귀족들의 신하들이나 하인, 가족들도 존재했다.

“후후. 일의 진행은?”

그 광경을 지켜보며, 그들의 욕설과 증오를 즐겁게 받아들이던 아폴레가 곁에 있던 리스네를 향해 물었다.

“달아난 이들은 추적 중이며, 본보기를 위해 시체들을 모두가 볼 수 있는 곳곳에 널어놨어요.”

“그래. 잘했다.”

아폴레의 정치는 공포를 극대화하는 것이었다.

존경 따위는 필요없었다. 두려움이 천한 것들을 지배한다.

그녀의 머릿속에 박힌 가치관이었다.

그렇기에 일부러 시체들을 걸어놓고, 사람들이 보게 만들었다.

현재 리샤르의 왕은 자신이며, 거역할 경우 어떻게 되는지 똑똑히 보여주기 위함이었다.

그 시체들도 곱게 죽이지 않았다. 사지가 절단된 경우도 있으며, 온몸에서 피만 빼내 말라 비틀어진 것도 존재했다.

머리가 없기도 했고, 일자로 절반이 갈라진 경우도 있었다.

또한 죽이기 아까운 이들도 망설이지 않고 처형했다.

일말의 손해를 감수한다 할지라도 확실한 자신의 편이 아니면 살려두지 않겠다는 의지의 표현이었다.

"그들도 걸어놨지?"

"네. 소문도 흘렸어요."

아폴레가 말한 그들이란 다름 아닌 프리야 공작의 기사들이었다.

아폴레는 모두를 죽이지 않았다. 딱 필요한 숫자만 공개 처형한 뒤 길거리에 걸어놨다.

더불어 아직 살아남은 이들이 존재하며, 하루에 한 명씩 죽이겠다는 소문을 퍼뜨렸다.

어디로 사라졌는지 알 수 없는 프리야 공작이 제 발로 찾아오게 하기 위한 계략이었다.

물론, 그쪽에서도 함정이라는 것을 뻔히 눈치챌 테다. 하나 아폴레와 리스네는 확신했다.

자신들이 알고 있는 프리야 공작이라면 분명 바보처럼 찾아오리라는 사실을.

또한 그럴 경우, 시드와 그의 일행 역시 프리야 공작이 죽도록 내버려 두지 않을 것이라고.

즉, 한 번에 귀찮은 놈들 모두를 없앨 수 있는 미끼였다.

"앞으로 바빠지겠어."

고문의 현장을 지켜보던 아폴레가 요염하게 발걸음을 옮기며 중얼거렸다. 리스네는 그녀의 곁에서 말없이 고개를 끄덕였다.

현재 리샤르는 정신이 없을 정도였다.

그나마 다행인 점은 아폴레가 왕이 되는데 아무런 문제가 없다는 것이라고 할까?

왕가는 남아 있지 않았으며, 살아 있는 이들 역시 대부분 아폴레의 신하라고 봐도 무관할 정도였으니.

그럼에도 내부에서 변화시켜야 될 것이 한두 가지가 아니었다.

거기다가 외부적으로도 다른 왕국들과의 관계도 개선해야 하며, 이번 일로 인한 그들의 불안도 없애야 했다. 리샤르가 공동의 적으로 찍힐 수도 있기에.

"그만큼 즐거울 테다. 안 그래? 리스네 대공작."

대공작! 아폴레가 왕이 된 지금 리스네는 이제 대공작위라는 작위를 받게 될 터였다.

즉, 아폴레 말고는 그 누구도 리스네와 어깨를 나란히 할 수 없었다.

"그럼요. 아폴레 여왕 폐하."

"여왕 폐하?"

아폴레의 얼굴이 상기됐다.

자신 역시 그리 생각하고 있었다. 이제는 더 이상 공작이 아닌 여왕이다.

하나, 직접 듣는 것은 또 다른 즐거움과 흥분을 만끽하게 해 줬다.

“그래. 여왕이지. 나는 이제 여왕이야. 리샤르의 왕이자 훗날 이 대륙을 손에 쥘……!”

아폴레의 두 눈에 탐욕이 물들었다.

그녀가 반란을 일으키게 된 가장 큰 이유는 복수심이었다.

하나 힘을 키워가면서 욕망이 꿈틀거렸고, 리샤르를 손에 넣게 된 지금은 달라졌다.

더욱 넓고, 많은 땅을 손에 쥐고 싶었다. 프로티아 대륙의 모든 사람이 자신한테 고개를 숙이도록 만들고 싶어졌다.

그 목표에는 오랜 시간 그 누구도 침범하지 못했던 마르트 왕국도 마찬가지였다.

“가자. 새로운 세계를 위해.”

아폴레는 연신 미소를 감추지 못하며 앞장서서 걸음을 내디뎠고, 리스네는 조용히 그녀의 뒤를 따랐다.

비틀어지는 입가와 함께.

침묵이 흐르는 숲, 시드는 말없이 프리야 공작의 뒷모습을 쳐다봤다.

그는 조금 전 자신이 만든 수많은 무덤들을 하나, 하나 매만지고 속삭이고 있었다.

무덤 안에는 시신이 존재하지 않았다. 단지 돌아오지 못한 기사들을 한 명 한 명 떠올리며 만든 것이었다.

도와주겠다고 하니 자신이 해야 한다며 거절했었다.

그러다 한 무덤 앞에 발걸음을 멈춘 그는 입술을 꽉 깨문 채 무릎을 꿇었다.

시드는 그 무덤의 주인이 누군지 알 듯했다.

"주군……."

프리야 공작의 한 맺힌 음성이 구슬프게 다가오자 시드는 고개를 살짝 떨구었다.

그가 아님에도 괴로움이 전달돼 왔다. 슬픔이 심장을 파고 들어 날카로운 이빨로 뜯어먹는 듯했다.

어쩌면 카네를 잃으면서 같은 아픔을 겪은 탓인지도 모른다.

아니, 이생에서뿐만 아니라 전생에서도 여동생을 먼저 보내지 않았던가.

이생에서만큼은 아무런 걱정 없이 편하게 보내고 싶었다.

하나 어떻게 보면 전생보다 더욱 비극적인 삶이었다.

'이제는 쉬고 싶다.'

피식.

시드는 문득 떠오른 생각에 쓴웃음을 흘렸다.

겉으로는 강한 척, 이 악물고 버텨와 놓곤… 고작 생각하는 꼴이 쉬고 싶다라니.

어쩌면 앞날이 두려워서인지도 모른다.

앞으로 더욱 많은 죽음과 시련을 보게 될지도 모른다는…….

"자네의 얘기를 해주겠나?"

꽤 오랜 시간이 지나고 나서야 프리야 공작은 시드에게 다가와 말문을 열었다.

리스네와의 일은 알려줬었지만 그 후의 일은 자세히 말하지 않았었다.

"라탈 급에 관해서인가요?"

"궁금한 부분 중 하나일세."

시드가 모든 힘을 잃었다고 들었다. 즉, 5년 전에는 갓 태어난 아이와 같은 마나를 보유한 정도란 뜻이었다.

한데 5년 만에 라탈 급, 그것도 꽤 실력있는 수준이 되어 있었다.

프리야 공작은 놀람을 감출 수 없었다.

물론, 온몸으로 마나를 빨아들이는 육체 때문에 그럴 수도 있겠다라고 생각은 하지만 말이다.

따앙. 벌컥.

시드는 미리 준비해 온 술의 병을 딴 뒤 시원하게 마신 후, 기억을 더듬었다.

그리고 시멘 용병단으로 인해 목숨을 구하고 고아원에 가게 된 사연. 고아원에서 쉬지 않고 마나 스톤과 샤리스의 마나 호흡법으로 수련한 일. 또한, 생명을 마나로 쓴 대가로 얻게 된 제한과 메리아와 샤인, 우드, 검은 달, 초인족과의 인연, 마르트까지 오면서 있었던 모든 일들을 자세히 전했다.

"그래. 그랬군. 한데 그자는 누구인가?"

"누구요?"

"초인족 말이네."

“아……. 벨케님 말씀이시군요.”

“그래. 벨케라 불렸다네.”

‘놀라시겠지.’

시드는 짓궂은 미소를 지었다.

분명 프리야 공작은 벨케한테서 자신을 넘어서는 힘을 발견했을 것이다. 그래서 정체가 궁금할 테고 말이다.

“과거에 마탈 급 중 한 분이었던 벨라케를 아십니까?”

“벨라케? 당연히 알지. 그를 모르는 사람이 어디 있… 헉! 서, 설마?”

프리야 공작의 두 눈동자가 급격히 커졌다.

혹시나 했었다. 갑자기 사라져 그 후의 행적은 알 수 없는 존재. 그리고 눈앞에 나타난 믿을 수 없는 실력을 보유한 초인족.

그러나 은연중에 그 벨라케가 이곳에 있을 리 없다고 판단했다.

그런데… 정말 벨라케라니! 프리야 공작은 자신의 두 귀를 의심할 정도였다. 하지만 시드가 거짓말을 할 이유가 없었다.

즉… 벨케라는 자는 진정 벨라케라는 뜻이었다.

“놀랍군. 그 벨라케였다니…….”

프리야 공작이 얼떨떨한 얼굴로 중얼거리더니 순간 눈빛을 빛냈다.

“그 벨라케에게 배우고 있다면 더욱 강해졌겠구나?”

"하하하……."

시드의 기운없는 웃음.

내심 같아서는 그동안 고생한 것을 모두 알려주고 싶었다!

그렇지만 애써 꾹 눌러 참았다. 순간적으로 재미있는 그림이 머릿속에서 그려진 탓이다.

앞으로는 모두가 하나 되어 강해지도록 노력할 것이다.

그 하나에는 프리야 공작도 존재했다. 아무리 마탈 급이고, 상위에 있는 그라 할지라도 적은 더욱 강대하니 말이다.

그뿐 아니라 자신을 넘어서는 벨라케가 있기에 수련을 받고 싶어할 테고.

한마디로… 남자란 이유로 자신과 일행이 하게 된 개고생을 프리야 공작도 하게 될 터.

'크큭……. 왠지 기대되는걸?'

언제, 어디에서든 발동되는 사악한 잔머리!

시드는 속마음을 애써 감추며 진지한 얼굴로 대답했다.

"네. 정말 좋은 수련을 가르쳐 주시더군요. 언제 공작님도 함께하시죠."

"좋지. 그의 수련이라면 거절할 이유가 없지."

"으하하! 앞으로가 기대되는걸요!"

"허허. 나 역시 마찬가지다."

'걸렸구나!'

시드와 프리야 공작은 서로를 바라보며 웃었다.

물론… 그 의미는 전혀 달랐지만.

　　　　　*　　　　*　　　　*

"어때? 잘돼가?"

"내가 못하는 게 있었나?"

"크큭. 그렇지."

에스의 자만스러운 말투에 벨케는 익숙한 듯 즐겁게 받아넘겼다.

"쉬었다 해."

그리고 모닥불을 피워 그 위에 가죽을 잘 벗긴 오우거의 다리를 올린 뒤, 손짓으로 그녀를 불렀다.

"맛있겠는걸?"

치치익.

오우거의 다리가 맛있는 향기를 내뿜으며 익어갈 때쯤 에스는 벨케의 맞은편에 앉으며 기지개를 길게 켰다.

그러고 보니 하루 종일 게이트를 만든다고 밥도 먹지 않았었다.

"내일 저녁이면 완성될 듯해."

기다림이 싫었는지 마법을 발휘해 후딱 익힌 에스가 살점을 한 입 가득 베어 물며 말하자 벨케는 턱을 매만졌다.

"그러면 모레 아침부터 시작하면 되겠군."

게이트를 완성하면 남은 일은 섬을 개조하는 일이었다.

모두가 살 수 있는 거대한 집을 지어야 했으며, 훈련장도 필요했다.

또한, 섬 전체에 보호 마법진을 펼치는 등, 할 일이 태산이었다.

다만 프리야 공작의 신하들 중 일할 수 있는 사람들이 꽤 많았고, 바에튼이 자금을 약속했고, 에스 역시 어느 정도 모아둔 돈이 있기에 시일은 오래 걸리지 않을 듯했다.

"이곳이 그들의 시작점인가? 어쩌다 보니 꽤 많이 관여하게 됐어."

주위를 둘러보며 독백하던 벨케가 쓴웃음을 흘렸다.

그리폰의 제자라 할지라도 귀찮은 일에는 휘말리기 싫었는데, 이제는 빼기도 힘들었다.

양딸인 라인이 적극적으로 시드 일행을 도와주려는 것도 이유 중에 하나였지만 에스 역시 마찬가지였다.

"재미있잖아?"

풀썩!

에스가 짓궂게 웃으며 모래 해변 위에 누웠다. 그녀의 눈동자 위로 새하얀 달이 들어왔다.

그녀는 잠시 침묵을 지키다가 벨케를 향해 시선도 마주치지 않은 채 작은 목소리로 말했다.

"고마워."

"그래. 고마워해야… 컥! 뭐라고?"

고기를 한가득 씹던 벨케는 사레가 들리며 되물었다.

자신이 제대로 들은 것이 맞단 말인가? 분명 고맙다고 한 것 같은데…….

하나 에스는 같은 말을 반복하지 않으며 입을 다문 채 달을 바라볼 뿐이었다.

그녀는 벨케가 귀찮음에도 시드를 챙기는 이유를 알고 있었다. 여러 이유가 존재하겠지만 자신도 포함되어 있다는 사실을…….

"고맙다고 했지? 어? 고마워? 분명 그랬어? 응응?"

나이에 어울리지 않는 주책 작렬!

그동안 에스와 지내면서 처음으로 듣는 말이었기에 벨케는 들뜬 기분을 감출 수 없었다.

마치 감정 표현을 하지 못하는 어린아이가 처음으로 진심을 드러냈을 때, 그것을 바라보는 부모의 마음이라 할까!

하지만 벨케는 간과했다. 상대가 에스라는 것을.

퍼어엉! 콰아앙!

"잘못했습니다!"

결국 에스의 불꽃이 시전되고 나서야 다급히 장난을 멈춘 벨케는 그녀의 곁에 누우며 진지한 어투로 물었다.

"그와 언제 얘기할 거야?"

그란 프리야 공작이었다.

"글쎄."

"많이 무너진 듯하던데."

"너는 아직 그를 몰라."

에스의 목소리에 돌연 자신감이 넘쳤다.

"그래… 그도 사람이니깐 약해지기도 하고 힘겨워하기도 해. 일어서기 힘들 만큼 무너질 때도 있지. 어쩌면 지금도 그럴 거야."

에스는 프리야 공작을 눈가에 새겼다. 마치 코앞에 있는 듯 그가 보였다.

"하지만… 그는 절대 스스로 쓰러지지 않아. 아무리 넘어지고, 다쳐도… 꼭 일어나지. 그리고 일어설 때는 마음속에 아픔이 가득 차 있어도 겉으로는 언제 괴로워했냐는 듯 원래 자신의 모습으로 돌아가서 전진해. 그 남자는 그래."

벨케의 입가에 자상한 미소가 그려졌다.

"믿는군."

"그 사람이니깐."

그 말과 함께 에스는 말없이 두 눈을 감은 채 프리야 공작을 떠올렸다.

그런 에스의 표정은 평소의 차가움이 아닌… 따스했다.

"오빠……. 왜, 왜 그래?"

"어? 아냐. 으하하!"

프리야 공작과 함께 저택에 돌아온 시드는 놀란 메리아를 달랬다.

메리아가 놀랄 수밖에 없는 것이 멀쩡하게 나간 시드가 몰골이 엉망이 돼서 돌아온 탓이었다.

그러나 메리아는 시드의 밝은 모습을 보며 자신이 걱정할 일이 아니라는 것을 느꼈고, 곧 마법사를 불러와 자잘한 부상을 치료시켜 줬다.

마법사는 프리야 공작의 신하들 중 한 명이었다.

"먼저 가보겠네."

프리야 공작은 그 말과 함께 자신의 신하들한테로 걸음을 옮겼다. 시드는 그의 뒷모습을 보며 흐뭇한 미소를 지었다.

하루 동안 그에게는 많은 심경의 변화가 있었다.

그리고 변화들 사이에서 드디어 자신이 가야 할 길을 결정 내렸다.

그런 프리야의 등은 예전처럼 거대하게 느껴졌다.

'이제는 걱정하지 않아도 되겠군.'

심장은 여전히 갈기갈기 찢기는 아픔에 시달릴 것이다. 웃음으로 위장한 가면 속에서는 피눈물을 흘리고 있을 테다.

하지만 오히려 그렇기에 믿을 수 있었다.

그 아픔들조차 이겨내며 결심을 내린 그는… 자신의 한을 풀기 전에는 절대 무너지지 않을 테다.

"아참, 오빠. 이거 먹어봐."

그때 메리아의 얘기와 함께 시드는 고개를 돌려 그녀의 손에 들려 있는 것을 발견했다.

"그건……?"

"헤헤. 몸에 좋은 영양 수프!"

왠지 들뜬 분위기의 메리아와 달리 표정이 대놓고 구겨지는 시드.

"누, 누가 만든 거야?"

시드는 떨리는 목소리로 물었다. 벨케가 가져온 것처럼 혹시 이번에도 아이니가 만들었을 수 있으니!

만약 그렇다면 아무리 메리아가 챙겨왔다 해도 거칠게 거절하리라!

"내가 만들었어."

"응? 네가?"

요즘 메리아는 마법과 함께 요리도 배우고 있었다. 그리고 몇 번 먹어본 결과 맛도 나쁘지 않았다.

"오빠가 요즘 힘든 듯해서 만들어봤어……."

"그렇구나. 고마워."

시드는 메리아의 머리카락을 쓰다듬어 주며 수프를 받아 들었다.

기특하기도 했고, 자신을 챙겨주며 좋아하는 메리아의 모습이 귀엽게 다가왔다.

그리고 한입 가득 퍼서 입에 넣어 마시는 순간, 메리아가 깜빡했다는 듯 말을 덧붙였다.

"아. 영양식은 잘 몰라서 아이니 언니가 도와줬어. 위험할까 봐 맛은 못 봤어. 헤헤."

"……."

다시는 수프를 먹지 않겠다고 결심한 시드였다.

"이봐, 살살 좀 하지?"

우드는 식은땀을 뻘뻘 흘리며 변신한 샤인의 공격을 힘겹게 막아내고 있었다.

처음 둘이 만났을 때는 실력이 비슷한 수준이었다. 우드가 오로라의 모습으로 돌아간다면 모르지만 말이다.

하지만 시드의 수련으로 인해 빠른 성장을 하고 있는 샤인은 이제 우드가 오로라의 본체라 할지라도 지지 않았다.

그러니 사람의 모습인 우드로서는 샤인을 상대하기 벅찼다.

그렇다고 칼같이 꼬리를 잘라 가는 시드로 인해 본체로 돌아갈 수도 없고 말이다.

또한, 지금의 수련은 사람의 모습일 때 실력 향상을 위한 거라 그래서도 안 됐다.

만약 본체로 돌아갔다가 누군가 시드한테 이르기라도 한다면 지옥을 경험하게 되리라!

"히유!!"

퍼어억!

"커억!"

그때 샤인의 마나가 가득 담긴 주먹이 우드의 배에 정통으로 꽂혔다.

우드는 저녁에 억지로 먹은 아이니의 요리가 역류하는 것을 느끼며 등 뒤에 있던 거대한 나무에 날아가 부딪쳤다.

콰앙! 털썩.

"나 아직 살아 있는 거냐……."

지면에 엉덩이를 부딪친 우드가 정신을 차리지 못한 채 중얼거렸다.

그만큼 수련을 할 때의 샤인은 진지했으며, 엄청난 위력이 담겨 있었다.

만약 우드가 순간적으로 마나를 끌어올려 가격 부위를 보호하지 않았더라면 큰 부상을 입었을지도 모르는 일이었다.

"히유! 히유!"

살아 있다는 것을 알리기라도 하듯 샤인이 곁에 다가와 크게 소리쳤다.

그 모습에 우드는 실소를 흘리며 웃었고, 곁에서 시멘 용병단과 함께 수련하고 있던 스피네가 그의 상처 부위를 치료했다.

쉬지 않고 대결할 수 있도록 바로바로 치료하라 한 시드의 부탁 때문이었다.

시드가 우드에게 샤인과 대련을 하도록 한 것은 그의 실전 경험을 쌓기 위함이었다.

우드는 오로라이기에 지배자로서의 삶을 살아왔다.

매일매일 치열한 전투는커녕, 게을렀으며 자신의 힘에 만족해 발전을 하지 않았다.

하나 이제는 달랐다. 모두가 강해져야 하는데 우드도 마찬가지였다.

라탈 급이 약한 것은 아니나, 그는 얼마든지 더 발전할 수 있었다. 지금 그에게 가장 부족한 것은 경험이라고 시드는 판단했다.

그 외 부분은 벨케의 수련과 자신이 알려준 마나 호흡법으로 채워지고 있으니 말이다.

그런 우드에게 가장 적합한 상대는 실력의 격차가 크지 않은 샤인이라 판단했고, 샤인 역시 경험을 늘리면 늘릴수록 좋기에 시드는 매일 둘에게 최소 20번 이상 쉬지 않고 대결을 하라고 명했었다.

물론 더하면 할수록 좋겠으나, 다른 수련들도 있기에 무리가 갈 수 있다는 판단에서였다.

'좋아. 이겨주지.'

우드는 이를 꽉 깨물며 자리에서 일어섰다.

예전의 그였더라면 분명 조금이라도 더 쉬기 위해 온갖 변명을 했을 것이다. 시드가 없는 자리에서는 농땡이 피우기에 천재였으니.

하지만 우드는 더 이상 그러지 않았다.

왠지 모르게 자존심이 상했다. 저 어린 초인족 소녀한테도 진다는 사실이.

시드를 만나고 말도 안 되는 괴물 같은 실력의 인간들을 수없이 봐왔다. 그때마다 우드는 충격을 받았지만, 그들처럼 되고 싶다는 마음은 없었다.

한데, 이길 수 있다고 믿었던 샤인에게조차 이제는 지게 되니 강해지고 싶은 욕망이 샘솟기 시작했다.

애초에 따라잡을 수 없을 만큼 멀리 있는 존재와 자신보다 뒤에 있다가 추월한 존재는 다르게 와 닿는 법이니.

샤인을 이기게 되면 가져갈 꼬리의 수를 줄여준다는 시드의 제안 때문은 절대 아니었다!

터벅, 터벅.

그때 들려오는 발자국 소리에 모두는 움직임을 멈추고 한곳을 바라봤다.

현재 샤인과 우드, 시멘 용병단과 메리아는 저택 옆에 위치한 공터에서 수련 중이었다.

기존의 연무장은 프리야 공작의 신하들로도 자리가 부족했기에 그들이 먼저 나서서 이곳에 임시 연무장을 만든 것이었다.

"프리야 공작님!"

올라오는 이를 가장 먼저 발견한 벨트라가 다급히 달려가며 소리쳤다.

프리야 공작의 충성심과 기사로서의 실력, 성품은 모든 이들의 귀감이었고, 벨트라 역시 그를 존경해 마다하지 않았다.

"벨트라라고 했나?"

이미 모두와는 인사를 나눈 상태였다.

"네. 그렇습니다. 어쩐 일로 여기까지?"

벨트라는 떨리는 가슴을 애써 진정시키며 물었다.

리샤르의 공작이자 마탈 급인 프리야!

벨트라는 대화를 나누고 있는 지금의 현실도 꿈만 같았다.

"미안해서 왔다네. 괜히 우리들 때문에."

"아닙니다. 저희가 내린 결정인데요. 그리고 이곳도 훌륭합
니다."

"그런가? 허헐."

프리야는 사람 좋게 웃었다.

벨트라의 말을 그대로 받아들이지는 않지만, 그가 저리 나
오는데 계속해서 같은 얘기를 거론한다는 것은 오히려 불편하
게 하는 듯해서다.

"시드의 동생이라 했던가?"

벨트라와 잠시 대화를 나는 프리야는 메리아에게 다가가 한
쪽 무릎을 꿇으며 앉아 말문을 열었다.

그 광경에 벨트라는 흐뭇한 미소를 지었다.

모두가 그렇지는 않지만 귀족들은 흔히 자신보다 강자에게
약하고, 약자에게 강하다.

권력과 힘을 가지면 가질수록 더욱 그러했다.

하지만 프리야는 정반대였다. 강자에게 강하게 부딪쳤고,
약자에게는 오히려 스스로를 낮추며 자상하게 대했다.

'오히려 소문이 부족한 남자였구나.'

프리야 공작에 관한 좋은 소문은 여럿 존재했다.

그 얘기들을 전부 믿는 이들도 있지만, 과장된 내용도 있을
것이라 보는 사람들이 더욱 많았다.

그런데 직접 만나서 같이 지내보니… 오히려 더욱 존경스러
운 남자였다.

"네. 기억하시는군요. 헤헤."

"그래. 시드의 동생을 어찌 잊을 수 있겠느냐."

"저희 오빠랑 친하세요?"

아직 둘의 관계에 대해 단지 가깝다고만 알지, 정확히는 모르는 메리아가 눈을 깜빡이며 물었다.

그녀 역시 프리야 공작이란 이름을 들어봤을 정도로 눈앞에 있는 노인이 얼마나 대단한 사람인지 잘 알고 있었다.

"그럼, 친하고말고. 내가 유일하게 제자로 삼고 싶었던 아이니. 그리고 때로는 친구 같고, 나에게 깨달음을 주기도 한단다."

시드의 칭찬에 메리아의 표정이 밝아졌다.

이런 남자조차 인정하고 극찬하는 자신의 오빠가 더욱 크게 느껴졌다.

"너는 샤인이지? 시드가 말한 초인족 소녀."

"히유!"

"그래그래. 나이에 비해 놀라운 실력이구나."

프리야 공작은 샤인을 바라보며 내심 감탄했다.

처음 봤을 때도 범상치 않다고 느꼈는데, 변신한 모습을 보니 그녀의 작은 몸집에서 풍겨 나오는 거대한 기운을 자세히 느낄 수 있었다.

"이봐. 너는 시드보다 강하지?"

그 순간 어느새 프리야 공작의 곁에 다가간 우드가 말문을 열었다.

벨트라는 그의 반말에 깜짝 놀랐으나, 오로라라는 사실을 떠올리며 머리를 긁적였다.

사실 나이로 따지자면 모두가 우드한테 존댓말을 해야 할 판국이었다.

"지금은 그렇습니다. 오로라이십니까?"

프리야 공작은 우드의 정체를 느끼며 되물었다.

처음 시드에게 전해 들었을 때는 깜짝 놀랐었다. 전설의 생명체라 불리는 오로라까지 그와 함께하고 있다니.

프리야 공작 역시 살면서 오로라는 만나본 적이 없었다.

"그렇다."

오로라의 평균 수명을 알기에 우드의 반말에도 프리야 공작은 전혀 개의치 않으며 미소를 지었다.

"'지금은' 이라고?"

우드는 고개를 갸웃거렸다.

자신도 확실히 느낄 수 있었다. 시드도 강하지만 눈앞에 있는 노인은 그런 시드조차 뛰어넘은 자란걸.

"그 아이는 언제나 저를 놀랍게 합니다. 그 아이의 성장과 노력, 집념은 저조차도 고개를 젓게 만들죠. 시드라면 분명 언젠가 저를 능가할 것입니다. 그 일이 아니었더라면… 이미 저를 넘어섰을 수도 있었고요."

"하여튼 지금은 시드보다 강하다는 거지?"

"그렇습니다."

"그러면 말이야……."

우드는 대답을 듣자 주위를 한 번 살핀 다음 헛기침과 함께 프리야 공작에게 귓속말을 했다.

애기를 다 들은 프리야의 얼굴은 살짝 당황한 듯했으나 곧 웃음과 함께 고개를 끄덕였다.

"그렇게 하도록 하죠."

무슨 비밀 애기였는지는 모르지만 프리야 공작은 재미있다는 표정이었고, 둘을 제외한 다른 이들은 영문을 모른 채 서로를 바라볼 뿐이었다.

그 시각, 시드는 누군가와 통신을 하며 얼굴을 찌푸렸다. 상대는 다름 아닌 블스였다.

"그렇습니까?"

"그래. 아무래도……."

"공작님을 찾기 위한 계략이겠죠."

"내 생각도 같다. 어쩔 것이냐?"

시드는 잠시 말을 아끼며 숨을 길게 내쉬었다.

블스가 전한 내용은 다름 아닌 프리야 공작의 신하들이 끔찍한 시체가 되어 광장에 걸려 있다는 사실이었다.

그리고 아직 살아남은 기사들이 존재한다는 것.

'그래. 당신이라면 충분히 그러리라 생각했지.'

상대는 아폴레였다. 그녀의 곁에는 리스네가 있고 말이다.

그들은 자신의 목적을 위해서라면 수단과 방법을 가리지 않았다.

'어쩌면 우리를 노리는 것인지도 모른다.'

그녀들이라면 프리야 공작을 데려온 자신들의 정체를 파악하고 있을 수 있었다.

그렇기에 기사들이란 미끼로 프리야 공작을 잡고, 프리야 공작이라는 미끼로 자신들까지 한번에 쓸어버리려는 계획일 수도.

'어떻게 해야 됩니까.'

시드는 고개를 들어 하늘을 쳐다봤다. 그리폰에게 답을 구하는 그의 무의식적인 행동이었다.

그들을 외면하기도 힘들고, 그렇다고 함정에 걸려들자니 너무나 위험했다.

"블스님."

한참의 시간이 지났다. 결심을 굳힌 시드는 힘겹게 입을 열었다.

"그래. 어떻게 할 생각이냐?"

"그분에게 맡겨야죠."

시드는 그 대답과 함께 통신을 끊었다.

처음에는 버리려고도 생각했다. 만약 프리야 공작이 간다고 한다면 최악의 상황이 벌어질지도 모르니.

하나… 반대의 입장이 되어봤다.

만약 붙잡혀 있는 이들이 메리아나 샤인, 시멘 용병단이었다면? 그래도 함정이라고 버렸을 것인가?

그렇게 프리야 공작의 입장이 되어보니 답은 어렵지 않게 나왔다.

그에게 맡기는 것이다.. 어떤 결정을 내리든… 그가 선택할 수 있도록.

　그들의 생사는 자신이 결정할 문제가 아니었다.

　하루의 시간이 빠르게 흘러갔다.

　시드는 그날 저녁까지도 프리야 공작한테 블스에게 들은 정보를 전하지 않았다.

　혹시나 하는 마음에 마법 통신으로 에스와 얘기를 나눠보니 그녀가 직접 만나 얘기를 하겠다고 한 탓이다.

　처음에는 거절했었다.

　자신의 일을 떠넘기는 것 같기도 했었고, 둘이 재회의 기쁨을 채 느끼기도 전에 괴로움을 나누는 모습이 눈에 선했기 때문이었다.

　아직 정확한 사연은 모르나 분명 그 둘은 서로에 대한 감정이 특별한 것 같았으니.

　하나, 시드의 마음을 알아차린 에스는 배려를 거절했다.

　'이제 올 때가 됐는데.'

　시드는 저택 뒤편에 위치한 워프 게이트에서 에스와 벨케를 기다렸다.

　스파아앗!

　그때였다. 워프 게이트에서 새하얀 빛이 번쩍이더니 마나의 움직임이 느껴졌다. 그리고 곧 벨케와 에스가 모습을 드러냈다.

　"문제없군."

　벨케가 사각형의 워프 게이트를 한 번 치더니 흡족한 듯 말했다.

만약 잘못된 부분이 있다면 바에튼의 저택이 아닌 엉뚱한 곳으로 날아갔을 것이다.

"수고하셨어요."

"그는 어떠냐?"

벨케의 물음에 시드는 밝은 표정으로 대답을 대신했다. 그러자 에스는 아무런 표정의 변화가 없었다.

그녀가 가장 기뻐할 것이라 믿었었는데.

하나 시드는 곧 이유를 알아차렸다. 믿고 있었던 것이다. 프리야 공작이라면 절대 무너지지 않을 것이라고.

"지금 만나보실 건가요?"

시드가 에스를 바라보며 묻자 그녀는 천천히 고개를 끄덕였다.

순간 에스의 얼굴이 어두워졌지만, 시드는 모르는 척하며 프리야 공작을 데리러 식당으로 향했다.

"어디를 가는 것인가?"

저녁을 마치고 연무장으로 가려던 프리야 공작은 입구에서 기다리고 있던 시드를 따라가며 의아함을 감추지 않은 채 물었다.

단지 가야 할 곳이 있다며 앞장서서 가고 있으니 당연히 궁금할 수밖에 없었다.

한데, 그럼에도 시드는 왜 가는지를 알려주지 않은 채 장난

끼 어린 미소로 대답을 대신할 뿐이었다.

"워프 게이트?"

프리야 공작과 시드가 도착한 곳은 다름 아닌 워프 게이트였다.

둘의 재회가 이뤄지는 곳으로 아무도 없는 아름다운 섬이 적당하다고 시드가 판단했기 때문이다.

"가세요."

"응? 나 혼자 말이냐?"

"네. 가시면 누군가 기다리고 있을 거예요."

"허허. 정말 뜻을 모르겠군."

프리야 공작은 수염을 매만졌다.

하지만 시드의 행동에는 분명 이유가 있을 것이라 믿으며 더 이상 캐묻지 않은 채 워프 게이트에 올라섰고, 마나를 끌어올렸다.

그러자 곧 그의 신형은 빛무리와 함께 자취를 감췄다.

"이곳은……."

프리야 공작은 주위를 두리번거렸다.

모래사장과 해변이 있었으며, 하늘에는 달과 별들이 자신을 내려다보고 있었다. 시원한 바람은 귓가를 간지럽혔다.

'그들이 말한 섬인가.'

워프 게이트를 설치하던 이유를 떠올린 프리야 공작은 해변을 천천히 걷기 시작했다.

아직 주변에는 아무도 보이지 않았다. 그렇지만 시드가 말했기에 분명 누군가가 있으리라 확신했다.

'좋군.'

오랜만에 밤바다의 시원함을 느끼며 프리야 공작은 희미한
미소를 지었다.

그러다 그는 머지않은 곳에 누군가가 서 있는 것을 발견했다.

조금 더 다가가 보니 어린 소녀가 맨발로 발목까지 물이 오
는 위치에서 물장난을 치고 있었다.

그리고 인기척을 느꼈는지 소녀가 돌아봤다.

"누구……?"

프리야 공작은 조심스럽게 물었다.

아직 소녀의 얼굴이 확연히 보이지는 않았지만 자신이 아는
사람은 아닌 것 같았다.

첨벙, 첨벙.

그때 소녀가 프리야 공작을 향해 천천히 다가오더니 웃는
얼굴로 말했다.

"오랜만이에요……. 프리야, 잘 지냈어요?"

프리야 공작의 두 눈동자가 급격히 커졌다.

CHAPTER 03
리스네의 진실

The Seed
시드

낯익은 얼굴이었다. 낯익은 목소리였다.

그 두 개가 하나로 합쳐지자 프리야 공작의 두 눈동자는 붉어지기 시작했다.

꿈에서도 잊을 수 없었던 사람. 죽는 그 순간까지 꼭 한 번은 만나리라 믿어 의심치 않았던 사람.

그 믿음 하나로 평생을 기다려 온 사람.

"에, 에스……?"

프리야 공작의 시야는 안개가 끼며 뿌옇게 흐려졌다. 에스는 마법으로 자신의 몸을 살짝 띄워 그런 프리야 공작의 눈물을 닦아줬다.

10세의 어린 소녀의 몸으로는 손이 닿지 않았기에.

“왜… 왜……．”

프리야 공작은 에스의 두 눈을 바라보며 중얼거렸다.

그런 그의 입술은 바들바들 떨리고 있었으며, 투명한 눈물이 볼을 타고 흘렀다.

그동안 매일 만날 날을 떠올리며 준비했었다.

해주고 싶은 말. 물어보고 싶은 말. 다시는 떠나보내지 않게 진심을 담은 말을.

하지만 막상 그날이 갑작스럽게 닥쳐오자 머릿속이 백지장처럼 하얗게 변했다.

“미안해요. 미안해요……．”

에스는 슬픔을 가득 머금은 눈으로 프리야 공작의 품에 안겼다.

오랜 시간 감정을 버리고 마녀로 살아왔다. 그렇기에 다시는 울지 않을 것 같았다.

그날… 평생 동안 흘릴 눈물을 모두 흘렸으니.

그런데 그를 만나자 말랐다고 믿은 눈물이 다시 샘솟기 시작했다.

“아니오… 괜찮소……. 이렇게 와줬으니 그걸로 됐소……．”

프리야 공작은 흐느끼는 에스를 위로하며 세차게 끌어안았다.

그리고 둘은 오랜 시간 아무런 말을 하지 않은 채 서로의 체온을 느끼며 달빛 아래에 머물렀다.

“궁금하시죠……?”

모래사장에 앉아 파도 소리를 듣던 에스가 말문을 열었다.

프리야 공작은 대답 대신 지그시 그녀를 바라봤다.

그러자 에스는 길게 한 번 숨을 내쉬더니 먼 곳을 바라보며 얘기를 시작했다.

자신이 갑자기 떠나게 된 이유에 대해서.

사랑했다. 모든 것을 받쳐 사랑하고 싶었다.

영원의 시간을 함께할 수는 없겠지만… 살아 있고, 죽는 그 순간까지는 서로의 손을 놓지 않으리라 믿었다.

하나… 한 명의 광기 어린 질투가 모든 것을 산산조각 냈다.

몰랐다. 그녀가 프리야를 바라보고 있었다는 사실도, 친구인 척 자상하게 대하던 거짓된 가면 속에 그토록 차갑고 날카로운 비수를 감추고 있었다는 점도.

그렇기에 끔찍한 저주에 걸리고 말았다.

그 누구에게나 금기시된 흑마법.

아폴레는 자신의 증오를 위해 흑마법을 연구했으며, 그중에서도 가장 끔찍한 마법을 시전했다.

숨이 막혀왔다. 정신이 아득해졌으며, 온몸에서 열이 펄펄 끓어올랐다.

그런 자신을 아폴레는 광기 어린 시선으로 내려다보며 친절하게 설명해 주며 기뻐했다.

경쟁자가 사라진 것에 대해, 프리야 공작을 이제 자신이 차지할 수 있게 된 것에 대해.

"안녕."

그 말이 아폴레가 에스에게 한 마지막 말이었다.

동시에 아폴레는 공격 마법을 시전했고, 에스는 그 와중에도 다급히 마나를 끌어올렸다.

울컥! 주르륵!

피가 역류하며 토해졌지만 살아야 했다.

이 상황에서 마법에 당한다면 목숨을 부지하지 못할 테다.

번쩍! 콰아앙!

폭발이 사방을 휩쓸었다. 그 순간 에스는 가까스로 텔레포트를 시전하며 그 자리를 벗어날 수 있었다.

만약 당시에 아폴레가 마탈 급이라 고대의 마법을 쓸 수 있거나, 다른 누군가가 지금의 자신처럼 고대의 마법을 라탈 급도 쓸 수 있게 했다면… 그날 에스는 살아 있지 못했을 것이다.

그로 인해 에스는 자취를 감췄다.

프리야가 보고 싶었지만, 그가 걱정됐지만… 찾아갈 수 없었다.

분명 아폴레는 자신이 살아 있다는 사실을 알 터였다. 그리고 죽이기 위해 노력할 것이고 말이다.

그에게 접근한다는 것은 아폴레에게 자신의 위치를 알려주는 꼴이었다.

더불어 진실 공방을 할 수도 없는 노릇이었다.

마법 실력은 아폴레와 대등하다고 인정받았으나… 신분이 달랐다.

아폴레는 귀족이었고, 자신은 그러지 못했다.

아무리 서럽게 호소한다 할지라도 아폴레와 그녀의 집안이 힘을 발휘하면 자신은 오히려 누명을 씌운 꼴이 될 것이다.

그것이 현실이라는 사실을 에스는 잘 알고 있었다.

귀족이 아니라는 신분으로 인해 뛰어난 마법 실력에도 서러움을 여러 번 겪었으니.

그렇다고 언제나 숨어살 수도 없는 노릇이라 어떻게든 프리야를 만날 방법을 구할 계획이었다.

하지만… 결심이 채 며칠도 지나지 않아 깨지고 말았다.

며칠 숨죽여 잠들어 있던 저주의 흑마법이 깨어났다.

외형이 점점 어려졌다. 동시에 마나가 고갈되기 시작했다.

하루하루 지날수록 모습은 어린 소녀가 되어갔고, 라탈 급이던 마나는 에트 급까지 내려갔다.

소비된 게 아닌 아예 증발한 것이다.

에스는 다급히 흑마법에 관한 모든 자료를 찾기 시작했다.

자신이 도대체 어떤 저주에 걸린 것인지 알아야 했다. 그래야 풀 방법을 찾아낼 수 있을 테니.

흑마법을 찾아내는 일은 쉽지 않았지만, 그동안 모은 모든 재산을 쏟아부은 뒤에서야 알 수 있었다.

목숨마저 빼앗아간다는 마법이라는 것을.

그리고… 마법에서 풀려날 수 있는 두 개의 방법을.

에스는 세상이 무너지는 듯했다. 하루아침에 친구라 믿었던 이에게 배신을 당하고, 모든 것을 잃었는데… 이제는 숨마저 끊어지기 직전이었다.

이렇게 당하고, 이리 억울하게 눈을 감을 순 없었다. 또한, 그를… 다시 만나야 했다.

만나서 안아주고, 사랑한다 말해주고, 기다리게 해서 미안하다고 얘기해야 했다.

결국 에스는… 살기 위해 금기를 깨버렸다.

저주를 풀 수 있는 방법은 저주를 건 이를 죽이는 것과 악마와의 계약이었다.

하나 아무것도 가진 게 없는 그녀가 당장 아폴레를 죽일 확률은 극히 미약했다.

그렇다면 남은 방법은 단 하나.

악마와 계약을 해 그의 종이 되는 진정한 마녀의 길을 택하는 것밖에 없었다.

에스는 계약의 의식을 치렀다.

치욕스럽고 끔찍했지만… 너무나 괴로웠지만 살기 위해 악마에게 순결도 바쳤다.

그러나 저주를 멈추게 할 뿐, 예전의 모습이나 힘을 되찾을 순 없었다.

단, 계약을 맺은 악마의 힘을 빌어 순간적으로 강력한 힘을 발휘할 수는 있게 됐다.

당시 그녀의 외형은 10대 소녀였고… 마나는 이트 급 초급 수준만 남아 있었다.

"그 후… 저는 예지력을 가지게 됐고, 수련을 계속했어요.

아폴레를 쓰러뜨리기 위해서는… 힘을 회복해야 했으니. 그러다 벨케를 만나게 됐고, 라탈 급의 경지까지 다시 오를 수 있었어요.”

긴 얘기를 끝낸 에스는 숨을 재차 길게 내쉬었다.

곁에 앉아 있는 프리야에게서 살기와 슬픔이 뒤엉켜 흐르는 것이 느껴졌다.

“당신을 찾아가고 싶었지만… 아폴레가 언제나 곁에 있어 쉽지 않았어요. 그리고 꿈에서 봤어요. 그녀와 대적하는 날을. 그리고… 당신과 만나는 날도. 그래서 기다렸어요. 그날은 꼭 올 테니깐…….”

“도대체 어찌 그런 일이…….”

아폴레의 집착은 잘 알고 있었다. 그로 인해 자신 역시 힘들었지 않았던가.

한데… 그런 짓까지 했을 줄은 상상조차 할 수 없었다.

갑자기 사라진 이유가 그토록 끔찍하고 비참했다니…….

“내가 그녀를 만나야 할 이유가 늘었구료…….”

빠드득, 빠드득.

먼바다를 쳐다보는 프리야 공작의 이 가는 소리가 진동했다.

그의 눈에서는 분노의 불꽃이 타올랐으며, 주먹에는 힘이 꽉 쥐어졌다.

이때까지 수많은 전쟁과 대결을 펼쳤고, 공작으로 살면서 힘겨웠던 일도, 적대 관계의 존재들도 있었다.

그러나 지금처럼 누군가를 죽이고 싶은 마음이 든 적은 없었다.

"프리야……."

"에스……."

"지금은 저만 봐주세요. 저만 생각해 주세요……."

프리야는 입술을 잘근 깨물며 힘겹게 눈물을 참아냈다.

그러면서 에스의 눈동자에 맺힌 슬픔을 이젠 주름이 진 손으로 닦아냈다.

그러자 에스는 프리야의 넓은 어깨에 머리를 기대었다.

"알겠소. 그대와의 만남만… 만끽하겠소."

"네. 지금은요……."

에스는 그 말과 함께 천천히 두 눈을 감았다.

기쁘고 숨을 쉬기가 힘들 정도로 행복하다. 지금 이 시간이 영원하기를 간절히 바랐다.

하지만… 길고 길었던 기다림의 시간보다 붙잡고 싶은 시간은 너무나 빨리 지나갔다.

"이것 드셔보세요."

"고맙소."

"……."

바에튼의 식당은 여러 테이블로 인해 가득 차 있었다.

그중에서 모든 이들의 시선을 끄는 자리가 있었으니, 바로 프리야 공작과 에스가 앉은 곳이었다.

마치 갓 시집간 수줍은 소녀의 표정으로 반찬을 집어주는 에스와 예전에는 볼 수 없었던 사랑이 넘치다 못해 느끼한 눈동자로 그녀에게서 시선을 떼지 않으며 밥을 먹는 프리야 공작!

둘의 갑작스런 모습은 모두의 식욕 감퇴는 물론 헛구역질을 일으키기에 충분했다.

"이봐, 나도 줘!"

낯선 에스의 모습에 벨케가 짓궂은 얼굴로 밥을 가득 푼 다음 숟가락을 내밀었다.

지금의 에스라면 거절한다 할지라도 상냥하리라는 기대감과 함께.

하나, 에스가 순한 양일 때는 프리야한테 뿐이었다.

"네가 처먹어."

순식간에 얼음장으로 돌변!

하나 재차 프리야 공작에게 시선을 돌릴 때는 여신의 미소를 지었다!

그리고 멍해 있는 벨케에게 프리야 공작의 상냥한 느끼 작렬!

"제 여자입니다."

"……."

시드는 말없이 숟가락을 내려놓았다.

애초에 그런 남녀였다면 모르겠지만, 전혀 정반대의 이미지를 가진 그들이 염장을 떠는 모습을 보니, 아이니의 요리를 먹었을 때만큼 식욕이 떨어졌다.

'뭐… 잘된 거겠지?'

시드는 둘을 힐끔 쳐다봤다.

웃으면서 서로를 챙겨주는 프리야 공작과 에스. 주변의 시선 따위는 상관하지 않은 채 자신들의 세계에 머무르는 듯했다.

그 세계가 보기 좋았고, 깨지지 않기를 바랐다.

오랜 시간 헤어져 있으면서도 변치 않고 서로를 간절히 원했던 둘이었으니.

다만… 한동안은 같이 밥 먹는 것을 피하기로 결심했다.

"멋진 남자다!"

'저 사람을 잊고 있었군…….'

바로 곁에서 들리는 감탄에 시드는 실소를 흘리며 고개를 저었다. 그는 다름 아닌 트라이였다.

그가 멋지다고 한 것은 둘의 사랑이 아니었다.

나이는 비슷하지만 외형적으로 노인과 소녀! 어린 소녀를 좋아하는 트라이에게 있어서는 존경의 대상이나 다름없었다!

"좋아. 나에게도 희망이 생겼어. 메리… 컥!"

밥을 먹다 말고 흥분에 들떠 옆에 있던 메리아를 끌어안으려던 트라이는, 시드의 주먹을 직각으로 맞은 채 바닥을 뒹굴었다.

"크큭. 변함없다니깐."

“그러게. 시드가 있을 때는 좀 자제하지.”

스피네와 벨트라가 웃음을 터뜨리며 얘기를 주고받았다.

‘평온하다. 하지만…….’

식당 안에는 즐거움이 가득 찼다.

이런저런 대화들이 오고갔고, 그 속에서는 웃음꽃이 피었다. 프리아 공작과 에스의 관계도 보기 좋았으며, 아무런 걱정이 없는 듯했다.

물론, 아이니의 요리를 실수로 먹은 사람들은 애써 웃었지만 온몸에 경련을 일으키기도 했다.

그러나 시드는 마음 편히 이 상황을 즐길 수 없었다.

에스에게 얘기를 전해 들었기 때문이다. 프리아 공작의 결정을…….

‘사람이니깐.’

시드는 그런 프리아 공작을 충분히 이해할 수 있었다.

이성과 감정. 그 두 개의 저울추에서 사람들은 언제나 갈등하고 괴로워한다.

어떤 길이 이득인지도 알며, 어떤 길이 손해를 볼지도 안다.

그렇기에 대부분은 이득을 찾아 이성에 자신을 맡기지만 간혹 감정이 이성을 지배할 때가 있다.

그 길의 끝에 기다리는 것이 환희가 아닌 지옥이라 할지라도 걸어갈 수밖에 없는…….

그리고 프리아 공작은 이성과 감정 중에서 후자를 선택했다.

벌컥!

"언제부터 하냐?"

식사가 끝나자 우드는 프리야 공작의 방을 찾아가, 노크도 없이 방문을 열며 물었다.

그의 방에는 에스가 함께 있었는데, 버릇없는 우드의 태도에 그녀의 눈빛이 심상치 않게 돌변했다.

"이봐, 우드."

"네, 네?"

우드는 저도 모르게 식은땀을 흘렸다.

시드의 허락으로 인해 시멘 용병단에게는 말을 편하게 하지만 벨케와 에스한테는 여전히 존댓말을 하고 있었다.

자신보다 나이가 어리다 할지라도, 그 둘에게 말을 놓았다가는 왠지 죽을지도 모른다는 불안감 때문이었다.

"지금 그이에게 말을 놓은 거니……?"

사아아.

방 안에 진득하게 퍼지는 에스의 살기!

프리야 공작이 다급히 그녀를 진정시켰지만 이미 우드의 이빨은 떨리고 있었다.

우드에게 있어 가장 괴로운 상대는 시드였다.

꼬리가 돋아나면 떼어가기 바빴고, 매일 몸 안에 달아날 때를 대비한 마나를 주입시켰고, 말을 안 듣거나 마음에 들지 않는 행동을 할 때면 서슴없이 두들겨 팼다!

한데 그런 시드보다 무서운 존재들이 있었으니 바로 벨케와 에스였다.

악마와 다름없는 시드조차 한 수 접어주고 감히 반박조차 하지 못하는 존재들!

만역 저 둘의 심기를 불편하게 만든다면 자신의 앞날은 말 그대로 생생한 지옥이 될 터이다!

"그럴 리가 있겠습니까! 어찌 프리야 공작님에게!"

자존심 따위는 옆집 오로라에게 주는 센스!

우드는 언제 그랬냐는 듯 두 눈을 초롱초롱하게 뜬 채 씨익거렸다. 프리야 공작은 난처했지만 에스가 바라고, 또한 우드가 에스한테는 계속 존댓말을 했으니 받아들여야 할 듯했다.

"내일부터 하도록 하지. 오늘은 일이 있어서 말이네. 미안하네."

우드가 어제 프리야 공작에게 부탁한 내용은 다름 아닌 비밀 특훈이었다.

시드보다 강한 그에게 비법을 전수받아, 하루라도 빨리 시드를 능가하고 싶은 간절함 때문이었다.

그래서 자신이 당한 것을 얼른 갚아주고 싶었다!

훗날 잊지 않으려고 매일 두들겨 맞을 때 이를 악물며, 맞은 수까지 기록했다!

소심함의 끝을 보여주는 우드였다.

똑똑. 스르륵.

"시드……."

우드가 나가고 몇 분 뒤, 시드는 프리야 공작의 방을 찾았다. 프리야 공작은 시드를 바라보며 씁쓸한 표정을 지었다.

자신을 구하기 위해 노력한 시드였기에, 이런 결정을 내린 것이 마음에 걸렸다.

"가실 건가요?"

"그래야 할 것 같네."

"더 큰 비극을 보게 될지도 모릅니다."

"그래도… 1%의 희망이 있다면 부딪쳐 봐야 하지 않겠는가."

시드는 저도 모르게 웃음을 터뜨렸다.

방금 프리야 공작이 한 말은, 자신이 무언가를 결정할 때 언제나 중요시하는 가치관이었다.

조금이라도 희망이 있다면 절대 포기하지 말자.

"그렇군요……. 알겠습니다."

더 이상은 말릴 수 없다는 사실을 잘 알고 있다. 아니, 처음부터 그를 붙잡기 위해 찾아온 것이 아니었다.

스스로도 똑같은 일을 당한다면 함정이라 할지라도 찾아갈 테니.

다만 혼자 보낼 마음은 없었다.

"저도 함께 가도록 하죠."

"뭐라고?"

"시드……?"

갑작스러운 시드의 발언에 프리야 공작과 에스의 두 눈이 커졌다.

“왜들 그리 놀라나요? 설마 공작님 혼자 보내리라 생각했습니까?”

시드는 당연한 일 아니냐는 듯 환한 얼굴로 반문했다.

“위험하다네.”

“알고 있습니다.”

“죽을지도 모른다는 말이네! 같이 갈 순 없네.”

프리야 공작은 단호하게 거절했다.

에스와 모두에게는 미안하지만 죽음마저 예상하고 가는 길이었다. 그러니 어찌 시드와 함께 가겠는가.

시드의 마음은 고맙지만… 받아줄 수 없었다.

“죽지 않습니다.”

“무슨 말인가?”

단호한 시드의 발언에 프리야 공작은 의아함을 감추지 못했다. 지금 시드는 예상이 아닌 확신을 하고 있었다.

“그렇지 않다면 에스님이 혼자 보내실 리가 없죠.”

시드가 에스를 바라보며 말하자 프리야 공작의 시선이 자연스럽게 그녀한테로 향했다.

그러고 보니 가지 말라 하지도 않았으며 같이 가자고도 하지 않았다.

그 점이 자신의 고집을 알기 때문이라 믿었는데, 다른 무언가가 있기 때문일까.

“역시… 나이가 의심스러운 놈이군.”

에스가 실소를 흘리며 고개를 저었다.

어떤 삶을 살아왔기에 저토록 정확히 판단하고 확신할 수 있을까.

"그게 정말인가?"

"그래요."

에스는 프리야 공작의 결심을 듣고 난 뒤, 밤새 잠을 자지 않고 그를 안전하게 지킬 방법을 궁리했다.

상대가 아폴레인 이상, 왕궁으로 찾아가면 달아난다는 것은 거의 불가능이었다.

그녀는 프리야가 언제 찾아와도 가둘 수 있도록 고대의 마법을 항상 준비하고 있을 테니 말이다.

그리고 마나 스톤을 이용해 힘을 최대한 증폭시킨 고대의 마법이라면 같은 마탈 급인 프리야 공작이라 해도 풀 수 없었다.

그래서 찾아낸 방법은 에스 역시 고대의 마법을 시전하는 것이었다. 더불어 최대한 효율을 증폭시키기 위해 최상급 마나 스톤까지 준비한 상태였다.

"잠깐… 그렇다면."

시드는 불안한 얼굴로 에스를 쳐다봤다.

고대의 마법을 시전하겠다는 것은 마탈 급의 힘을 발휘한다는 뜻이었다.

즉… 예전에 보여줬던 모습으로 다시 돌아가겠다는 것인데, 프리야 공작은 모르지만 시드는 알고 있었다.

에스가 그 힘을 쓰면 어떤 후유증을 겪는지.

"시드, 괜찮아."

시드가 무엇을 걱정하는지 아는 에스는 입가에 미소를 머금으며 살짝 고개를 저었다.

만약 프리야가 알게 된다면 분명 못하게 하리라.

"에스, 당신이 고대의 마법을 쓸 수 있소?"

프리야 공작은 현재 에스의 실력을 알고 있었다. 라탈 급이었다. 한데 어찌 라탈 급이 고대의 마법을 쓴단 말인가?

물론, 아폴레가 라탈 급의 마법사들 역시 마나 스톤 등을 이용해 고대의 마법을 시전할 수 있도록 했다 하지만 자신의 제자들한테만 전수했다.

"아시잖아요. 그분의 힘을 빌리면 잠시나마 가능해요."

그분이 누구를 뜻하는지 어제 들은 프리야 공작의 얼굴빛이 잠시 어두워졌지만, 곧 티를 내지 않으며 고개를 끄덕였다.

"알겠습니다. 그러면… 그 방법으로 저희를 강제 이동시키겠다는 거죠?"

"그래. 위험하다 판단되면 바로 시전할 거야."

"이야? 무슨 재미있는 얘기를 하는 거지?"

그때였다. 누군가의 목소리와 함께 셋은 고개를 돌렸다.

그곳에는 벨케가 문을 반쯤 열고 팔짱을 긴 채 바라보고 있었다.

지이잉.

시드의 두 눈동자에서 검은 빛이 살짝 나타났다가 사라졌다. 에스의 마법으로 인한 현상이었다.

그녀는 마법을 시전해야 하기 때문에 같이 갈 수 없었다. 에스는 시드한테 공유 마법을 시전했다.

그로 인해 에스는 시드가 보고, 듣는 것을 어디에 있든 함께 보고, 들을 수 있게 됐다.

"다녀올게."

"나는 가면 안 되지……?"

메리아가 풀이 죽은 채 말하자 시드는 그녀의 머리카락을 쓰다듬어 줬다.

메리아는 드디어 이트 급에 오르며 기본적인 마법들을 발휘할 수 있게 됐다. 그녀는 이제 싸울 때 도움을 줄 수 있게 됐다며 즐거워했었다.

'미안하지만……'

메리아의 마음을 잘 알기에 가능하면 그녀에게 현실을 깨닫게 해주고 싶지는 않으나, 지금 가는 곳은 너무나 위험했다.

메리아의 목숨을 지켜줄 정신이 없는 상황이 벌어질 텐데… 데리고 갈 수 없었다.

"금방……."

"오빠."

"으응?"

메리아가 말을 끊고 방긋 웃는 얼굴로 쳐다봤다.

"나 수련하고 있을 테니깐 다치지 말고 와야 해!"

"그래. 고맙다."

시드는 메리아를 자신의 품에 안아줬다.

어느덧 생각 이상으로 성숙해진 그녀를 보니 기특했다.

"조심히 다녀오세요……."

메리아를 뒤이어 우드, 샤인, 시멘 용병단과도 짧게 대화를 나누고 돌아서는데 등 뒤에서 바에튼의 손녀인 시란의 목소리가 들렸다.

"다녀오겠습니다."

여전히 아름다움과 수줍음이 공존하는 그녀에게 시드는 환한 표정으로 인사했고, 그와 함께 곁에 있던 메리아와 샤인의 눈초리가 살짝 날카로워졌지만 시드는 알아차리지 못했다.

"한 방 먹이라고!"

저택 입구로 나오자 벨트라의 외침이 들렸다.

그는 함께 가지 못하는 것이 아쉬웠지만 티 내지 않으며 힘차게 시드한테 기운을 불어넣어 줬다.

"두 방 먹이겠습니다!"

시드는 맞장구를 쳐주며 웃음을 터뜨렸다.

"아빠, 조심히 다녀오세요! 시드! 철없는 아빠 좀 지켜줘!"

"허헐. 나 역시 벨케 자네가 가장 걱정이네."

라인과 바에튼이 진담 반, 농담 반을 섞어 긴장을 풀어줬다.

"공작님! 부디 조심히!"

"다녀오겠다. 그리고… 다녀오겠소."

마지막으로 프리야 공작은 자신의 신하들의 걱정을 받으며, 에스를 따스하게 안아줬다.

어떤 돌발 상황이 벌어질지 알 수 없으며, 한 치 앞도 볼 수 없는 위험한 길.

그 길을 앞두고 모두와 인사를 나눈 프리야 공작과 시드, 벨케의 신형은 곧 워프의 빛에 휩싸이며 사라졌다.

그 시각 리샤르의 왕궁에서는 고문이 멈추지 않고 있었다.

파지직.

"커, 커억……!"

무릎이 부러지면서 뼈가 살을 찢고 튀어나오자 남자는 호흡을 헐떡댔다.

끔찍한 아픔 속에서 의식이 잠시 흐려졌지만 기절할 수도 없었다.

고문은 잔인했다. 고통은 최대한 심어주면서 마법으로 치유를 반복했다. 찰나의 순간조차도 평온을 느낄 수 없도록 하기 위해서였다.

"아직 안 나타나는군."

아폴레는 비릿하게 웃으며 중얼거렸다.

프리야 공작이 소문을 듣지 못했는지, 아니면 들었으면서도 이들을 버리는 것인지는 알 수 없었다.

물론 그의 성격을 감안할 경우에는 분명 후자라 믿어 의심치 않았다.

"울지 말거라. 이제 시작일 뿐이니."

아폴레는 넓고 화려한 붉은색의 의자에 앉은 채 앞에서 고문을 당하는 남자한테 달콤한 목소리를 건넸다.

그의 시뻘겋게 충혈된 두 눈에서는 굵은 눈물이 흘러내렸
다.

통증으로 인한 괴로움도 있지만, 사람의 탈을 뒤집어쓴 마
녀, 아폴레를 향한 증오와 분노 때문이었다.

"죽여… 차라리 죽여!"

프리야 공작의 기사였던 그는 절규했다. 차라리 죽음을 원
했다. 이곳보다 더한 지옥은 없을 테니.

하지만 아폴레한테는 그런 자비심이 존재하지 않았다.

"걱정 마라. 천천히, 천천히… 모든 고통을 맛보여 준 뒤, 죽
여줄 테니. 원망하려면 오지 않고 있는 너의 그 남자를 원망해
라."

쪼르륵.

그 말과 함께 잔을 들자 곁에 서 있던 리스네가 붉은빛 와인
을 따랐고, 아폴레는 남자에게서 시선을 떼지 않으며 술을 한
모금, 한 모금 비웠다.

그녀에게 있어 지금의 광경은 맛있는 안줏거리일 뿐이었다.

치이익!

"으읍! 으으읍!!"

새빨갛게 달궈진 철이 뺨에 닿자 남자는 온몸을 비틀면서도
비명을 꾸욱 참아냈다.

살이 타들어가고, 관통당하는 그 고통 속에서 남자는 자신
의 빛을 떠올렸다.

처음 만났을 때 성품과 실력에 반해 그의 기사가 되어 살기

로 결심했었다.

'주군. 당신은 저에게 행운과 같은 남자였습니다……'

남자는 프리야 공작과 함께 한 시간을 떠올렸다.

수십 번, 수백 번… 지겨우리만큼 반복해도 질리지 않을 기쁨의 시간들이었다.

찌이이익! 차아악!

남자가 신음을 참아내자 아폴레가 지루한 듯 손짓을 했다.

그러자 이번에는 예리한 칼날로 피부를 벗겨내기 시작했다. 그뿐 아니라 벗겨진 피부에 소금물을 부었다.

와드득!

파고드는 통증에 이를 얼마나 세게 물었는지, 결국 견디지 못하고 부러졌다.

"크큭."

남자가 웃었다. 그러자 입 안에서 피가 질질 새어 나왔다.

"뭐가 웃기지?"

아폴레가 흥미롭다는 듯 쳐다봤다.

프리야 공작의 기사들은 역시 단련이 잘되어 있었다. 그렇지만 이토록 고문을 잘 참거나, 웃기까지 하는 이는 없었다.

"보인다."

"무엇이?"

남자는 두 눈을 부릅떴다.

"그분이 오셔서… 너희들의 목을 베는 광경이! 하하!"

"……"

아폴레의 표정이 차갑게 가라앉았다. 하나, 입가에는 여전히 미소를 짓고 있었다.

"재미없는 놈이군."

그녀가 자리에서 일어서며 고문관에게 눈짓을 보냈다. 죽이라는 뜻이었다.

"가자."

그리고 곁에 있는 리스네와 가면을 쓴 카란에게 짧게 말한 뒤, 막 걸음을 내딛던 그때였다.

갑자기 고문실의 문이 열리며 한 노인이 달려와 소리쳤다.

"여왕 폐하!"

"무슨 일이냐?"

급박한 상황을 알아차린 리스네가 한 걸음 앞으로 나서며 말하자 노인은 숨을 채 고르지도 못한 채 서둘러 말했다.

"그, 그가 왔습니다!"

"그라니?"

"그… 프, 프리야 공작이 왕궁에 찾아왔습니다!"

리스네와 아폴레의 두 눈이 허공에서 마주쳤다.

끼이익.

왕궁의 거대한 입구가 열리기 시작하자 시드는 크게 숨을 한 번 내쉬었다.

문이 열린다는 것은 아폴레나 리스네가 전해 들었다는 뜻이었다.

처음에는 몰래 들어가 둘을 만날까도 생각했지만, 어차피 상황은 똑같이 될 것이다.

그렇다면 당당하게 맞서자고 의견이 모아졌고, 그들은 자신들이 왔다는 사실을 경비한테 알렸다.

"보이시죠?"

시드는 곁에 있는 프리야와 벨케가 아닌 허공에 대고 얘기를 했다. 그러자 통신으로 보인다는 에스의 목소리가 들렸다.

"들어가죠."

마법에 아무런 문제가 없다는 사실을 파악한 시드가 그 말과 함께 먼저 앞장섰다.

10여 분 정도를 걸었다. 그사이 아무도 그들을 막아서지 않았다.

단지 힐끔거리며 속삭이거나 혹은 프리야 공작을 볼 면목이 없는지 시선을 피하기만 할 뿐이었다.

"어서 오너라."

왕궁의 정원을 지나 탁 트인 넓은 공간이 나왔을 때 누군가의 목소리가 들렸다.

그러자 프리야 공작의 움직임이 일순 멈추며, 온몸에서 소름이 돋을 정도의 진한 살기가 퍼져 나왔다.

인격적인 수양은 그 누구에게도 부족하지 않으며, 평소 자제심이 강한 그였으나… 목소리의 당자사인 아폴레를 앞에 두고는 분노를 감추지 못했다.

"아폴레!"

프리야 공작의 마나가 잔뜩 실린 큰 음성이 왕궁 전체를 뒤흔들었다.

셋의 시선이 닿은 그곳에는 아폴레가 의자에 앉아 있었다.

그녀의 양옆으로는 리스네와 카란이 가면을 착용한 채 서 있었고, 라탈 급으로 이루어진 20명의 기사가 뒤에 서 있었다.

'저들뿐인가.'

시드는 집중력을 끌어올리며 주위를 탐지했다.

훤히 트인 공간이라 숨을 곳은 없지만 혹시나 하는 마음에 서였다. 이곳은 아폴레의 왕궁이니 어떤 변수가 숨어 있을지 모르기에.

그 결과 근방에 다른 마나의 기운은 느껴지지 않았다. 기사들과 병사들의 움직임 역시 존재하지 않았다.

시드는 아폴레를 쳐다봤다. 요염하게 웃고 있는 그녀의 전신에서는 자신감이 흘러넘쳤으며, 자신들만으로도 얼마든지 제압할 수 있다고 확신하는 듯했다.

물론, 그런 아폴레의 생각은 틀리지 않았다. 아니, 오히려 현명한 판단이었다.

기사, 병사들을 데리고 인해전술로 밀어붙였다가는 어차피 피해없이 이길 싸움, 괜한 손해만 입게 될 테니 말이다.

"네가 시드냐?"

프리야 공작과 뜨거운 시선을 주고받던 아폴레가 시드를 쳐다보며 물었다.

"그렇다."

"후후. 얘기를 많이 들었다. 과연… 탐나는 아이구나. 어떠냐? 나의 개가 되어보는 게."

시드의 입가에 얼음장 같은 미소가 서렸다.

유혹이라기보다는 대놓고 무시하는 발언이었다.

"그 개에게 물려 죽게 될지도 모를 텐데?"

"그럴 가치가 있는 개라면 환영이지."

"아폴레, 그들은 어디에 있나!"

프리야 공작은 초조함을 감추지 못한 채 둘의 대화에 끼어들었다.

어떤 일이 벌어지든… 일단 자신의 살아남은 기사들을 확인해야 했다.

왕궁으로 오는 길에 시체가 되어 널려 있는 그들을 발견하고 마음속으로 얼마나 피눈물을 흘렸던가.

"프리야, 프리야……. 가여운 그대여……."

아폴레는 진정 연민의 눈으로 프리야 공작을 쳐다봤다.

한때 자신이 사랑했던 남자. 그리고 이제는 죽여야 될 남자……

"서두르지 않아도 돼. 곧 만나게 될 테니."

아폴레는 프리야 공작에게 혀를 날름거린 뒤, 그와 시드의 곁에 서 있는 한 남자를 쳐다봤다.

마치 자신은 상관없다는 듯 하품을 하고, 귀를 후비고 있는 초인족.

"그대가… 벨라케입니까?"

“이것참. 너지?”

콰직!

“커어억!”

벨케가 기가 찬 듯 콧방귀를 뀌더니 갑자기 주먹으로 시드의 머리통을 후려갈겼다.

“어째 개나, 소나 나를 다 알고 있냐?”

아폴레의 고운 미간이 찌푸려졌다. 자신들을 비하하는 발언이었다.

“아니, 그걸 왜 저한테 그러십니까! 아폴레와 얘기한 것도 오늘이 처음인데!”

“그러면 어떻게 알아!”

“전에 리스네를 만났지 않습니까!”

“아. 그렇군.”

“……”

시드는 뻔뻔한 벨케의 태도에 애써 웃는 얼굴로 지적했다.

“보통 자신이 잘못한 사실을 알면 사과를 하지 않습니까?”

“왜?”

“후……. 됐습니다.”

말해봤자 입만 아픈 상대!

시드는 정말 모르겠다는 듯 되묻는 벨케를 보며 체념과 함께 고개를 저었다.

그러자 그 광경을 지켜보던 아폴레가 요란한 웃음을 터뜨렸다.

재미있었다. 자신을 눈앞에 두고 저렇게 여유로운 저들의 태도가. 너무나 즐거웠다, 그래서 당장 죽여 버리고 싶을 만큼.

"벨라케, 그대도 저와 맞설 건가요?"

"이 자리에 온 게 대답이 되지 않나? 그리고 빚도 있고 말이야."

벨케가 목을 살짝 풀며 리스네와 카란을 바라봤다.

"빚이라……. 이번에는 이길 자신이 있으신가요?"

"네년의 그 시끄러운 입을 얼마든지 잘라낼 자신은 있지."

"감히!

벨케가 아폴레를 도발하자 리스네가 버럭, 소리를 지르며 한 걸음 앞으로 나섰다.

"나는 네가 무섭다."

시드가 재미있다는 표정을 지으며 리스네의 말을 끊었다.

"도대체 너는 왜 아폴레의 밑에 있는 것이지?"

항상 궁금해 왔던 부분이었다.

이세스와 카란을 가지고 있는 리스네라면 분명 아폴레하고도 얼마든지 접전을 펼칠 수 있었다.

프리야 공작과는 달리 그녀도 나름의 세력을 구축했으니깐.

"아폴레는 야망이 넘치는 여자야. 지독히도 무섭고 잔인하기도 하지. 그리고 힘을 지배할 줄도 알아. 그렇지만… 목적이 보여. 그런데 너는 아니야. 리스네."

시드의 눈동자가 차갑게 돌변했다.

자신이 판단한 리스네는 절대 지금의 자리에서 머무를 여자
가 아니었다.

분명 리스네에게는 아직도 드러나지 않은 속셈이 존재할 테
다. 그녀는 그래왔으니깐.

"리스네야, 왜 그랬느냐."

모두의 시선이 리스네에게 집중되던 그때 곁에서 침묵하던
프리야 공작이 나섰다.

"무엇을 말인가요."

리스네는 예전과 달리 딱딱한 말투로 대꾸했다.

"꼭 왕궁을 피로 물들여야 했느냐……."

"제 어머니의 피를 흘리게 했으니깐요."

프리야 공작은 이를 꽉 깨물었다.

그 얘기만 나오면 지켜주지도, 복수해 주지도 못한 자신의
죄책감이 되살아났다.

"그래서냐. 그래서… 시드를 죽이려고 했느냐!"

이해할 수 있었다. 그녀의 증오가 얼마나 깊은지 뼈저리게
느끼기에 그녀의 입장에서 생각하면 복수는 이해할 수 있었
다.

하지만 시드와의 일은 아니었다.

아무리 힘을 원했어도 자신을 구해줬으며, 동생처럼 아끼던
시드의 힘을 빼앗은 것도 모자라 죽이려 했다니.

"그래서요?"

"뭐……?"

프리야 공작은 자신의 귀를 믿을 수 없었다.

아니, 눈앞에 있는 리스네가 정말 리스네인지 의심스러울 정도였다.

"그래요. 이세스를 부활시키기 위해 시드의 힘을 빼앗았어요. 그리고 죽이려 했어요. 그게… 왜요?"

"하나만 묻지. 만약 내가 없었다면 어떻게 하려 했지?"

시드가 낮은 목소리로 리스네에게 물었다.

이제 프리야 공작 앞에서 더 이상 가면을 쓰지 않는 리스네이기에 대답을 알 것 같았다. 그 대답이 얼마나 끔찍할지도.

하나… 프리야 공작의 미련을 깨끗하게 지우기 위해서 시드는 슬픔을 참으며 나선 것이다.

"나에게는……."

리스네의 입꼬리가 천천히 올라갔다.

"마탈 급의 공작님이 계시잖니……?"

털썩.

프리야 공작은 다리에 힘이 풀려 그 자리에 주저앉았다.

드러난 리스네의 진실은… 그에게 너무나 잔인했다.

CHAPTER 04
가면

아카리 서쪽 외곽의 한 숲속.

그곳에 한 소녀가 바닥에 흐트러진 채 앉아 온몸을 부들부들 떨고 있었다.

소녀는 다름 아닌 에스였는데 그녀의 두 눈동자에서는 투명한 액체가 맺혀 흐르고 있었다.

"아폴레, 그리고 리스네……."

꽉 깨문 이로 중얼거리는 에스는 살벌한 기를 내뿜으며 그들을 주시했다. 시드의 눈을 통해서였다.

자신을 이렇게 만든 아폴레와 시드가 없었더라면 프리아 공작을 제물로 삼았을 것이라 말하는 리스네가.

"잊지 마, 오늘을……."

에스는 자신과 리스네, 아폴레를 향해 속삭였다.

당장 달려가서 그녀들과 마주하고 싶었다. 상처 입어 비틀거리는 프리야의 손을 꽉 잡아주고 싶었다.

하지만… 지금은 그럴 수 없었다.

에스는 거칠게 숨을 몇 번 몰아쉬었다. 감정이 흐트러지면 안 된다. 정신을 차리고 집중해야 했다.

자신한테 셋의 목숨이 달려 있었다.

오늘 느낀 이 끔찍한 감정은… 훗날 갚아주면 되는 것이다.

몇 배로, 몇십 배로 살아 있다는 사실 자체를 원망하도록.

"그때까지, 그때까지만… 즐겨라."

에스의 입가가 일그러졌다.

"리스네야, 무슨 소리를 하는 거냐……."

무릎을 꿇은 채 고개도 들지 못하는 프리야 공작의 서글픈 목소리가 들렸다.

시드는 그런 프리야 공작의 모습이 가슴 아팠지만 이를 꽉 깨문 채 그의 곁에 다가갔다.

"부정하지 마세요."

"시드……."

"감춰져 있던 진실이 드러났을 뿐입니다. 받아들이세요."

"크으윽……."

프리야 공작은 더 이상 대꾸를 하지 않았다.

만약 예전의 그였다면 계속 부정했을지 모른다. 도저히 받아들일 수 없는 현실이기에. 하나 이제는 아니었다.

"리스네."

시드는 프리야 공작을 부축해 일으켜 세운 뒤, 돌아선 리스네를 불렀다. 그녀는 제자리에서 잠시 멈췄다.

"무엇이 너의 가면이냐."

"……."

리스네의 신형이 잠시 움찔거렸다. 그러나 아무런 대답도 하지 않은 채 아폴레의 곁으로 돌아갔다.

시드는 리스네의 뒷모습을 바라봤다.

자신이 왜 그런 질문을 했는지 본인 스스로도 이해가 되지 않았다.

단지 순간적으로 그런 생각이 들었다.

누나라고 하던 그 시절, 자신에게 따스하게 웃어주던 리스네. 또한, 모두의 앞에서는 착하고 자비롭던 그녀.

당연히 지금의 정황으로 보면 그 모습이 거짓으로 만들어진 것이다.

한데… 어쩌면 그게 본 모습이 아니었을까?

어릴 적 받게 된 충격과 증오로 인해 스스로 거짓된 악마를 진실로 받아들이는 것은 아닐까?

'쓸데없는 생각…….'

시드는 쓰게 웃으며 고개를 살짝 저었다.

어떤 게 진실이라 하든 상관없었다. 과거가 어쨌든, 그로 인해 비틀어졌든… 그녀가 한 짓은 사라지지 않는다.

그것만으로도 용서 못할 이유는 충분했다.

"데리고 와라."

그때 아폴레가 즐거운 얼굴로 뒤에 서 있던 기사들에게 명했다.

그와 함께 20명의 기사가 동시에 고개를 숙이더니 주문서를 찢어 모습을 감췄다.

'살아 있는가 보군.'

시드는 그들이 잡혀 있는 프리야 공작의 기사들을 데리러 갔다는 사실을 알아차렸다.

그 예상은 적중했고, 잠시 침묵의 시간이 지나자 아폴레가 마법을 시전했다.

번쩌억!

아폴레의 등 뒤로 빛이 형성되더니 텔레포트 마법진이 나타났다.

기사들이 프리야 공작의 기사들을 모두 집결시키자 리스네가 한 번에 이동시킨 것이었다.

"주, 주군!"

"살려주세요……. 주군!"

"크윽, 공작님! 공작님!"

"너, 너희들……."

기사들의 수많은 외침이 동시에 터져 나왔다.

프리야 공작은 저도 모르게 쥬먹에 힘이 꽉 들어갔다. 그들의 몰골이 말이 아니었기 때문이었다.

특히 그중에서도 한 명은 고문을 받다가 왔는지 전신에서
피를 철철 흘리고 있었다.

"세이트."

프리야 공작이 떨리는 목소리로 그의 이름을 불렀다.

세이트는 조금 전까지 아폴레의 앞에서 고문을 받던 남자
로, 나오기 직전 두 눈알까지 뽑혔다.

"주군……."

세이트는 피에 젖은 이를 드러내며 웃었다.

들렸다. 그토록 기다린… 자신이 목숨을 걸고 믿고 따랐던
남자의 목소리가.

"그래. 그래……. 내가 왔다. 늦어서 미안하다."

"저는 믿었습니다. 주군이 꼭 와주시리라는 것을……."

세이트의 감긴 두 눈에서 흐르는 피의 색깔이 묽어졌다.

"아무 말 하지 말아라. 곧 너희들을 구해줄 테니. 아폴
레!"

파아앗!

아폴레에게 시선을 고정시키며 외친 프리야 공작의 전신에
서 마나가 휘몰아쳤다.

곁에 있던 시드는 저도 모르게 움찔하며 옆으로 한 걸음 물
러섰다.

'이것이 프리야 공작…….'

진정으로 분노한 프리야 공작은 같은 편이라는 사실이 다행
스러울 만큼 위협적이었다.

5년 동안 수련을 게을리하지 않았는지, 그때보다도 한 단계 더 높은 발전을 이룬 것 같았다.

"내가 왔다. 그러니… 너도 해야 될 일이 있겠지?"

"어머… 무서워라? 당신이 그렇게 화내는 모습 정말 오랜만 인데?"

"이거참, 언제까지 말장난만 할 거야?"

아폴레의 얘기에 반문을 한 것은 다름 아닌 벨케였다.

'가운데서 참 괴롭군.'

시드는 식은땀을 흘리며 마나를 끌어올렸다.

바로 곁에 있는 분노한 프리야 공작만으로도 지금 자신의 실력으로는 꽤 곤혹스러운데, 벨케조차 살기를 내뿜고 있었 다.

"얼른 주고, 받고… 시작하지?"

벨케가 이를 드러내며 씨익, 웃었다.

그와 함께 모두는 온몸에 소름이 돋는 것을 느꼈다.

벨케가 자신의 힘을 서서히 개방한 탓이었다. 마탈 급의 정 점에 오른 그의 힘은 말 그대로 공포였다.

오죽하면 아폴레 뒤에 서 있던 그녀의 기사들조차 무언의 압박에 짓눌려 주춤 뒷걸음질칠 정도였다.

"터프하셔라……. 내 타입인데? 보내드려."

시드는 내심 감탄을 금치 못했다.

제아무리 자신들의 승리를 믿는다 할지라도, 벨케의 기운과 살기를 정면으로 맞서면서 저토록 침착할 수 있다니.

아폴레에 대한 평가를 새로이 하게 된 시드였다.

"주군……!!"

"공작님!!"

아폴레의 명과 함께 기사들은 길을 열어줬다.

그러자 프리야 공작의 기사들은 걸을 때마다 통증을 느꼈지만 애써 참아내며 서둘러 프리야 공작을 부르며 다가왔다.

얼마나 혹사당했는지 절뚝거리는 이들도 많았으며, 채 몇 걸음 걷지도 못한 채 휘청거리며 넘어지는 기사들도 있었다.

'왜지…….'

약속이 지켜졌다. 하나 그 광경을 지켜보는 시드의 얼굴은 밝지 못했다.

아폴레로서는 어차피 모두를 이 자리에서 죽일 것이니 지금 잠시나마 그녀 나름의 자비를 베푼다고 생각할 수 있었다. 그렇기에 순순히 기사들을 풀어줄 수도 있고 말이다.

그런데 불안했다. 봤다. 순간적으로 아폴레가 잔인한 미소를 짓는 것을.

위험하다. 위험하다. 위험하다!

이때까지 자신을 살려온 감이 외쳤다.

"공작님, 잠시……."

그리고 비극은 시드가 말을 채 끝내기도 전에 발생했다.

부우욱! 트트특!

"무, 무슨……."

자신의 기사들에게 다가간 프리야 공작은 경악을 금치 못했다.

갑자기 그들의 몸이 바람을 집어넣은 듯 팽창하기 시작한 탓이었다.

"커어억!"

"어억… 으윽!"

말조차 제대로 잇지 못하며 울려 퍼지는 신음들. 기사들은 수많은 감정과 의지를 담은 눈으로 프리야 공작을 간절하게 바라봤다.

살려주세요. 살려주세요. 살려주세요!

"안 돼, 안 돼!!"

프리야 공작은 손을 내뻗었다.

그들의 마음속 메아리가 들려오는 듯했다. 하지만 그때 세이트가 외마디 괴성을 지르며 자신들에게 달려오는 프리야 공작을 밀쳐 냈다.

동시에 축제의 폭죽이 터지듯 연이은 폭발이 일어났다.

퍼퍼펑!

하늘이 잿빛으로 물들었다. 20여 명의 피가 한꺼번에 솟구치고, 퍼지면서 만들어낸 서글픈 광경.

투투툭.

그들의 살점과 장기들이 프리야 공작의 머리 위로 떨어졌다.

그러나 프리야 공작은 의식이 나간 사람처럼 피하지도 않은 채 멍하니 자신의 손을 바라봤다.

세이트가 밀쳐 내는 그 순간 얼떨결에 그의 손을 붙잡았다.

그리고 폭발과 함께 몸이 산산조각 나면서… 세이트의 찢겨진 손이 들려 있었다.

"주군! 주군! 주군!"

세이트의 목소리가 들리는 듯했다.

자신의 기사가 된 이후, 그 어떤 수련도 웃으며 받던 그였다.

매일 거절당하면서도 언젠가는 제자가 되어 모든 것을 전수받겠다고 호언장담을 하던 그였다.

아무리 힘든 일이 있어도 걱정을 끼치지 않으려고 아픔을 꾹 감추던 그였다.

"세이트… 모두들……."

프리야 공작은 마치 꿈을 꾸는 듯한 표정으로 중얼거렸다. 아니, 꿈이다. 이게 현실일 리가 없었다.

"꿈인 건가, 시드……?"

"……."

프리야 공작의 목 멘 소리가 들리자 시드는 아무런 대꾸를 하지 못했다.

무언가가 있다는 것은 예감했지만 설마 그들의 육체가 폭발하도록 손을 써놨을 줄이야.

저 정도 폭발이라면… 프리야 공작을 죽이기 위해서가 아니다.

단지… 내면의 붕괴를 위해 저 많은 목숨을 도구로 이용한 것뿐이었다.

육체의 죽음 이전에 정신적 죽음을 선사하기 위해.

"제발 말해다오……. 그렇다고, 그렇다고!!"

"아폴레!"

번쩌억!

괴성과 함께 시드의 두 눈동자에서 불꽃이 피어올랐다.

어찌, 어찌… 이토록 잔인할 수 있다는 말인가. 악마, 마녀가 강림한다 할지라도 이러지는 않을 것이었다.

"죽여 버린다!"

시드가 검을 꺼내 들자 마나의 소용돌이가 검을 타고 휘몰아쳤다.

분노. 심장 밑바닥에서부터 끓어오른 분노가 시드를 지배했다.

잘 안다. 프리야 공작이 얼마나 간절한 마음으로 위험한 이곳을 찾아오게 됐는지. 또한, 프리야 공작이 지금 어떤 심정일지…….

파아앗!

시드는 아폴레를 향해 메스토의 스텝을 발휘하며 빠르게 파고들었다.

지금은 리스네도 눈에 들어오지 않았다. 오로지 즐기는 듯 웃고 있는 아폴레를 베고 싶었다.

그녀의 입에서 웃음을 지우고, 피눈물을 흘리며 프리야 공작과 죽은 기사들에게 사죄하도록 만들고 싶었다.

콰아앙!

하나 시드의 바람은 쉽게 이뤄지지 않았다.

어느새 카란이 아폴레의 앞으로 이동해 시드의 검을 막은 것이었다.

"카란… 형님!!"

시드는 카란을 노려봤다. 가면 속 카란의 눈동자 역시 시드를 내려다봤다.

곧 둘의 검이 서로를 노리며 움직였다.

"커허억!"

시드는 입에서 피를 뿜으며 뒤로 나뒹굴었다. 카란의 힘을 정면으로 받아낸 결과였다.

"형님… 제발……."

시드는 칼을 지면에 꽂고 의지한 채 힘겹게 자리에서 일어섰다.

그때까지도 프리야 공작은 움직이질 못했고, 벨케는 차가운 눈길로 주시하고 있었다.

그런 벨케는 마치 누군가 건드리기라도 하면 곧 터질 듯 위험해 보였다.

"깨어나세요……."

시드는 마나를 재차 끌어올렸다. 시간 제한 따위는 신경 쓰이지 않았다. 어차피 카란이 상대라면 그전에 모든 마나가 고갈될 터이다.

"깨어나라고!!"

파아앗! 타탁!

시드의 육체가 카란의 등 뒤를 향해 쏜살같이 움직였다.

챙강! 주르륵!

하나, 5년 전에 비해 약해진 시드한테 그때보다 강해진 카란이 쉽게 당할 리 없었다.

카란은 시드의 도착 지점을 미리 예측하며 검을 등 뒤로 뻗었다. 시드는 다급히 검로를 뒤틀어 그의 역습을 막았지만, 재차 이어진 그의 칼날 같은 마나의 폭풍은 어쩔 수 없었다.

그로 인해 전신에 자잘한 상처들을 남기며 뒤로 후퇴했다.

하지만 시드는 포기하지 않으며 카란한테 달려들었다.

카란을 쓰러뜨릴 확률은 존재하지 않으나, 지쳐 쓰러질 정도로 검을 휘두르고 싶었다.

또한, 카란이 막아서는 한 아폴레에게 접근할 수 없었다. 지는 싸움이라 할지라도 부딪칠 수밖에 없는 상황이었다.

에스가 모두를 텔레포트 시키기 전, 아폴레에게 꼭 일격을 날리고 싶기에.

후우……. 후우…….

모두의 시선이 닿은 대결. 시드는 그 속에서 거칠게 숨을 몰아쉬며 카란을 주시했다.

카란은 원수를 만난 듯한 살기를 내뿜으며 내려다보고 있었다. 한데… 그 살기는 시드가 아닌 벨케를 향해서였다.

‘크큭…….’

시드는 쓴웃음이 나왔다.

일그러지는 자존심. 자신은 목숨을 걸고 있는데, 적은 신경도 쓰지 않고 있다.

처음 카란과 만나 서로 전력을 끌어올린 게 기억 속에서 생생히 되살아났다.

‘이렇게 약해졌었지.’

시드는 스스로의 나약함을 절실히 깨달았다.

항상 쉬지 않고 수련을 한다고 믿었다. 그 누구보다 노력한다고 의심치 않았다.

강해져야 했으니깐, 또한 갚아줘야 했으니깐.

한데… 지금 와 생각하면 자신이 너무나 한심했다.

그렇게 노력했음에도 고작 이 정도였다.

한때 맞섰던 이에게는 상대할 가치가 없는 수준이 되었다.

더욱 노력했어야 했다. 지쳐 쓰러져도 그토록 원했다면 더욱 올라갔어야 했다.

‘고작 이 정도였냐……. 고작 너의 간절함은 이것밖에 안됐냐고!!’

시드는 스스로에게 화를 폭발시켰다.

다른 이들이 봤을 때의 시드는 믿기 힘들 정도로 노력하고 성장했지만, 오늘의 시드는 그 모든 게 한심했다.

‘한 계단 더 올라서겠군.”

그런 시드를 보며 벨케는 실소를 흘렸다.

시드가 자신이 이토록 무력한 존재라고 느낀 게 살면서 몇 번이나 있었을까?

어린 나이에 마탈 급이 됐고, 힘을 모두 잃은 다음에는 라탈 급으로 성장했다.

물론, 자신의 나약함을 깨달은 적도 있겠고, 과거의 힘을 되찾고 싶은 욕망 또한 존재했겠지만 이토록 무참히 짓밟힌 적은 없었을 것이다.

밑바닥. 어떤 이들은 밑바닥을 끝이라 생각한다.

하지만 아니었다. 더 이상 추락할 곳이 없는 밑바닥이야말로 진정한 시작의 신호탄이었으며, 성장의 계기를 만들어준다.

'느껴라. 그리고 올라서라. 무너지느냐, 기회로 삼느냐는… 너에게 달린 일이다.'

터벅, 터벅.

"멈춰……."

시드가 이를 꽉 깨문 채 벨케에게 걸음을 돌린 카란을 불러 세웠다.

"지금 형님의 상대는 나잖아……?"

시드가 힘겹게 미소를 지었다.

머릿속이 어지러웠다. 끓어오르는 화와 비참함에 이성을 유지하기가 힘들었다. 그러나 벨케의 목소리가 들렸다.

지금의 경험을 간직하라고.

그러자 왠지 모르게 머릿속이 맑아지는 느낌이 들며 휘몰아치는 감정에 지배당하는 자신을 볼 수 있었다.

"정신이 들었나?"

"그러게 말입니다."

프리야 공작의 아픔을 느끼는 순간부터 평소의 침착함을 잃었다.

"오늘 일은 절대 잊지 않겠습니다."

그 말과 함께 긴 숨을 내쉬며 검에 마나를 집중시키는 시드. 아까와는 달리 서두르지 않으며 냉정을 유지했다.

달라진 그 태도에 무시하고 벨케에게 가려던 카란 역시 진지하게 마나를 끌어올렸다.

우우웅!

한순간에 산산조각 낼 심산인지, 카란의 검에서는 거대한 마나가 피어올랐다.

시드의 이마에서 식은땀이 맺혀 굴렀다.

자칫 잘못하면 아폴레에게 죽기 전, 카란한테 목숨을 잃을 수도 있다는 위기감이 엄습했다.

곧 카란의 검에서 마나의 폭풍이 발출됐다.

왕궁에서 대폭발이 일어났다.

왕궁 내에 있는 수많은 사람들은 당황했지만 아무도 나서지 말라는 아폴레의 명이 있었기에 자리를 이탈하지 않았다.

사아아…….

시드와 카란이 서 있던 곳의 먼지구름이 서서히 걷혀지자 카란과 시드의 모습이 나타났다.

카란은 자잘한 상처가 있었지만 아무렇지 않았는데 놀랍게도 시드 역시 마찬가지였다.

아니, 오히려 시드는 자잘한 상처조차 존재하지 않았다.

분명 힘의 압도적인 차이가 존재했었는데 말이다.

그러나 이유는 곧 밝혀졌다. 둘의 사이에 한 남자가 서 있었다. 다름 아닌 벨케였다.

"내가 나설 줄 알고 있었지?"

"안 그러면 에스님한테 혼나실 테니깐요."

시드는 짓궂은 얼굴로 대답했다.

만약 벨케가 없었더라면 시드는 절대 카란과 정면 대결을 하지 않았을 것이다.

분명 그가 도와주리라 확신했기에 가능한 행동이었다.

"그건 저쪽도 마찬가지인 듯하군."

벨케는 시선을 돌려 아폴레를 쳐다봤다.

카란의 힘은 무시무시했으며, 시드가 아폴레와 리스네를 등지고 서 있었기에 그녀들조차 위험에 빠뜨리기 충분했다.

그럼에도 카란이 마나를 줄이지 않았던 이유는, 그 둘이라면 분명 후폭풍을 막아내리라 판단했기 때문이었다.

하지만 아폴레와 리스네는 아무런 대처도 하지 않았다.

그녀들 역시 벨케가 시드를 지킬 것이라고 예측했기에.

"무서운 여자들이니깐요."

"그런가? 하하."

이 와중에도 농담을 주고받는 시드와 벨케.

시드는 그러면서 벨케만 들을 수 있도록 자신의 뜻을 전달했다.

"이제 돌아가는 게 좋겠어요."

시드의 판단은 현재 상황에 있어 가장 최선이었다.

목표가 사라진 지금 이곳에 있을 이유가 존재하지 않았으며, 분하기는 했지만 맞붙을 수도 없었다.

이세스의 플루닉, 리스네, 카란이면 벨케를 묶어놓을 수 있으며, 프리야 공작은 아폴레가 있었다.

물론, 일대일 대결에서는 프리야 공작이 우세하다고 시드는 확신했다.

하나, 아폴레에게는 20명의 라탈 급 기사들이 있었다. 그중에서 절반만 아폴레와 힘을 합쳐도 프리야 공작은 절대 이길 수 없었다.

또한, 남은 10명의 라탈 급 중 2명만 달려들어도 현재의 시드는 감당하기 힘든 상태였다.

"아아, 그럴 마음이 없는데?"

"네?"

시드는 순간 자신의 귀를 의심했다.

이곳에 온 목적은 기사들을 구하기 위해서였다. 그리고 곧바로 도망치기로 얘기가 됐었다.

한데, 기사들이 사라진 지금 남아 있을 이유가 없었다.

그럼에도 벨케는 돌아갈 마음이 없는 듯 보였다.

“지난번에 끝내지 못한 승부를 마무리해야 하거든.”

“하지만 벨케님, 프리야 공작님도 그렇고…….”

시드는 프리야 공작이 걱정이었다.

그는 너무나 큰 정신적 충격을 받았다. 무슨 짓을 저지를지 전혀 예측이 불가능한 상태란 뜻이었다.

“너는 프리야 공작을 믿지 않는 거냐? 에스가 사랑하는 사람은 그렇게 약하지 않다. 저놈도 당장 돌아갈 마음은 없는 것 같은데?”

“네?”

벨케의 말에 시드는 고개를 돌려 프리야 공작을 쳐다봤다.

그는 어느새 자리에서 일어나 있었는데, 더 이상 끔찍한 살기가 느껴지지 않았다. 그뿐 아니라 불규칙하게 폭발하고 가라앉던 마나의 흐름도 안정되어 있었다.

“걱정을 시켜서 미안하구나.”

“공작님……!!”

지독한 자신과의 싸움에서 이겨낸 프리야 공작을 확인하자 시드의 얼굴이 환해졌다.

“약속하마. 위험을 느끼면 곧바로 물러서겠다고.”

“알겠습니다…….”

프리야 공작의 결연한 의지를 느끼며 시드는 더 이상 반대할 수 없었다. 강인한 외면과 달리 슬픔에 찢겨지고 있는 그의 내면을 느낄 수 있기에.

"이해해 주시겠죠?"

시드는 그 둘에게서 뒤로 물러서며 혼잣말로 중얼거렸다. 자신의 눈과 귀로 보고, 듣고 있을 에스에게 한 말이었다.

"그래……."

에스는 시드가 들리지 않음에도 대답을 했다.

이성은 시드와 같은 결정이었다. 일단 지금은 물러서야 한다는 것. 하지만 저 바보 둘의 의지를 꺾고 싶지 않았다.

원한다고 꺾일 남자들도 아니고 말이다.

"그러면 시작해 볼까?"

벨케가 리스네와 카란을 보며 신난 얼굴로 말했다. 동시에 그는 자신의 모든 마나를 폭발시켰다.

파아앗!

"으으윽!"

"괴, 괴물……."

아까와는 질이 다른 벨케의 진정한 힘 앞에 아폴레의 기사들은 뒤로 몇 걸음씩 물러섰다.

두려워서 도망친 것이 아니었다. 무형의 마나가 그들을 밀어낸 것이었다.

'꼭 손에 넣겠다.'

아폴레는 그런 벨케를 바라보며 흥분을 감출 수 없었다.

자신조차 두려움을 느끼고, 마주 서고 있다는 사실 자체만으로도 힘겨움을 전해주는 존재.

만약 벨케를 카란처럼 자신의 기사로 만든다면… 세상 그 무엇도 두려울 게 없으리라!

그리고 오늘 필히 자신의 바람이 이뤄질 것이라 확신했다.

"나와라. 이세스……."

우우웅!

리스네의 소환과 함께 세상이 파란 빛무리에 휩싸였고, 이세스의 거대하고 아름다운 몸체가 모습을 드러냈다.

"즐겨주지."

벨케는 흥분을 감추지 않으며 이세스를 사랑스러운 눈길로 쳐다봤다. 아무리 2:1이였다 하지만 자신이 승부를 보지 못했던 플루닉.

적이지만 한계치를 끌어올려 주는 라이벌로 다가왔다.

"아폴레, 당신의 상대는 내가 하지."

그 곁에서는 프리야 공작이 검을 꺼내고 아폴레에게 한 걸음, 한 걸음 접근하고 있었다.

아폴레는 프리야 공작의 냉정하게 가라앉은 눈동자를 보며 살짝 몸을 떨었다.

자신의 예상과 달리 그는 오늘의 시련으로 무너진 게 아닌, 한 걸음 더 올라선 것인지도 몰랐다.

"이길 수 있을까?"

하나 아폴레는 속내를 감춘 채 여유를 떨며 뒤를 힐끔거렸다.

그러자 20명의 라탈 급이 진득한 살기를 풍기며 프리야 공작의 앞으로 나섰다.

'어쩔 수 없군.'

시드는 한숨을 길게 내쉬었다.

카란과의 대결 때 모든 마나와 시간을 소비하지 않았으니 다시 전투를 펼칠 수 있었다.

다만 무리가 올 수도 있기에 최대한 자제하고 싶었으나, 프리야 공작 혼자서는 20명의 라탈 급과 아폴레를 감당할 수 없었다.

그의 순수한 분노는 아폴레를 향하고 있었으며, 그녀만을 원하고 있었다.

자신이 어떻게든 라탈 급 20명의 시선을 끌어줘야 프리야 공작이 아폴레한테 접근할 수 있었다.

"맛있는 집 봐뒀습니다."

"하하, 알겠네."

시드가 다가오며 진담 반, 장난 반으로 말하자 프리야 공작은 함박웃음을 터뜨렸다.

그 역시 시드의 몸 상태를 알기에 내심 미안한 마음과 걱정이 들었지만, 이렇게 돌아갈 수는 없었다.

"너희들의 상대는 나다."

파아앗!

메스토의 스텝을 발휘한 시드가 20명의 기사 사이로 파고들었다.

'이들의 경지는 대략 라탈 급의 초, 중급. 한 타이밍만 벌면

된다.'

기사들의 마나가 담긴 검은 순식간에 접근한 시드를 향했고, 시드의 전신에서는 마나가 꽃잎처럼 흩날리며 적들의 다수 공격을 방어했다.

그리고 재차 메스토의 스텝을 이용해 빠져나와 노란색의 에트 급 플루닉을 소환했다.

번쩍!

플루닉의 특수 능력이 발동하자 빛에 노출된 몇이 몸을 움직이지 못했다.

하나 시드는 그들을 노리지 않았다. 만약 접근했다가는 어떤 결과를 불러낼지 장담할 수 없었으며, 자신의 목적은 시선을 빼앗는 것이지 쓰러뜨리는 게 아니었기 때문이다.

"자, 막아봐라!"

시드는 검에 마나를 최대한 집중시켰다. 동시에 허공 높이 솟구치며 그리폰의 것 중 가장 파괴력이 뛰어난 기술을 아래로 시전했다.

쉐에엑!

바람을 가르며 기사한테 날아가는 시드의 일격!

움직일 수 있는 기사들은 다급히 플루닉의 특수 능력에 붙잡힌 동료를 감싸며 마나를 끌어올렸고 곧 지면에서는 마나의 폭발이 일어났다.

콰지직!

그때 아폴레는 프리야 공작의 검을 지팡이로 막아서며 노려

보고 있었다.

'멍청한 것들.'

아폴레는 속으로 욕을 내뱉었다.

시드의 일격이 그들한테는 벅찼을지 모르지만 쓰러뜨릴 정도의 힘을 보유하고 있진 않았다.

카란과 싸웠으며, 플루닉까지 소환했기에 마나의 한계가 존재한 탓이었다.

그럼에도 시드가 연이어 공격을 시도한 것은 자신들의 몸을 묶기 위함이었는데, 손쉽게 걸려들다니.

[너희들의 상대는 프리야다.]

아폴레는 마법을 통해 입을 벌리지 않은 채 그들에게 명령했다.

그와 함께 시드를 제압하기 위한 몇을 제외한 기사들 모두가 프리야 공작을 향해 신속히 움직였다.

"이제 어쩔 생각이지?"

아폴레가 비릿한 웃음을 흘렸다. 하나, 프리야 공작의 얼굴에서는 긴장감을 찾아볼 수 없었다.

"타하압!"

프리야 공작은 전신에 마나를 끌어올렸다.

저들이 다가오기 전 한 번의 공격을 성공시킬 시간은 충분했다.

"한 번에 모든 것을 걸겠다는건가? 하지만… 안 돼, 프리야."

아폴레는 그 말을 끝으로 마나를 지팡이에 주입시켰다.

자신이 앉아 있던 곳의 땅 밑에는 마나 스톤이 심어져 있었다. 만약을 대비해 고대의 마법을 미리 준비시켰던 것이었다.

즉, 프리야가 어떤 공격을 한다 할지라도 막을 자신이 있었다.

화르륵!

프리야 공작의 주변으로 마나의 불꽃의 소용돌이쳤다. 그 마나의 불꽃은 곧 검으로 전이되며 폭풍과 같은 기세를 풍겼다.

자신의 예상을 뛰어넘은 거대한 기운에 아폴레는 일순 긴장했지만 자신의 마법을 믿었다.

그 순간,

"아폴레!"

그녀의 이름을 외치며 프리야 공작이 검을 쥔 손을 힘차게 앞으로 뻗었다.

그 한 번의 공격에 프리야 공작의 마나와 분노, 증오, 슬픔 모든 것이 담겨 있었다. 동시에 아폴레의 몸 주변으로 붉은 빛깔의 기이한 문양이 새겨진 방패가 형성됐다.

그 어떤 공격도 막을 수 있다고 확신하는 고대의 방패!

콰지직!

휘몰아치는 불꽃과 같은 마나가 검에서 발출되어 고대의 방패에 부딪쳤다.

아폴레는 강한 반발력에 뒤로 한 걸음 물러서기는 했지만 입가엔 여전히 미소를 띠고 있었다.

마나 스톤의 힘을 받고 있는 고대의 방패가 깨질 일은…….

트특.

"뭐, 뭐야!"

아폴레는 사색이 된 채 믿기지 않는 현상을 확인했다. 고대의 방패에 균열이 가기 시작한 것이다.

"아폴레!!"

프리야 공작의 처철한 외침이 다시 이어진 순간!

고대의 방패는 유리처럼 산산조각 나며 흩어졌고, 그의 힘이 아폴레의 전신을 집어삼켰다.

"이거, 독기가 올랐구만?"

벨케는 카란의 무지막지한 공격을 막아내며 실소를 흘렸다. 그 말이 그를 더욱 자극했을까? 카란에게서 살이 찢어질 듯한 날카로운 살기가 풍겼다.

"여유부릴 틈이 없을 텐데요?"

리스네는 이세스의 특수 능력을 발동했다.

그와 함께 수십 개의 검이 꽃잎처럼 흩날리며 하늘에서 비처럼 떨어졌다.

콰콰쾅! 콰지직!

그들의 대결로 왕궁 곳곳이 산산조각 났으며 땅은 갈라졌다.

"그런 듯하군."

이세스의 특수 능력을 막아선 벨케가 쓰게 웃었다.

이전과 같은 결과를 만들어서는 안 된다. 최대한 빨리 이 대결을 끝내야 했다.

승부도 중요했지만, 프리야와 시드가 언제까지 버틸 수 있을지 몰랐다.

"얼른 끝내주지. 시간이 없어서 말이야."

사아아아…….

벨케의 주변으로 마나가 움직였다. 리스네와 카란의 얼굴이 딱딱하게 굳었다. 설마 이토록 빨리 모든 것을 보이리라고는 판단치 못했다.

"받아들이죠."

리스네는 서둘러 주문을 외웠다. 고대의 마법을 준비한 것은 아폴레뿐만이 아니었다. 리스네 역시 벨케와의 대결을 예측했었다.

"이것 봐라?"

벨케의 입꼬리가 올라갔다.

이곳은 좁기에 예전에 썼던 기술은 쓸 수 없었다. 그래서 파동의 범위가 작은 대신 단일 목표를 한 번에 무너뜨릴 기술을 쓸 계획이었다.

그 목표는 당연히 이세스였다.

리스네를 죽여 버릴 수도 있지만, 그녀는 자신이 아닌 시드가 끝내야 할 상대였다.

그런데 리스네가 주문을 외움과 동시에 카란의 온몸에서 마나가 들끓기 시작했다.

"크윽……. 크으윽!!"

그의 비명이 왕궁에 울려 퍼졌다.

마나가 솟구치면서 전신이 바늘로 찔리는 듯한 통증에 사로잡힌 것이다.

'잔인한 여자군.'

벨케는 마나를 집중시키면서 차가운 눈으로 카란을 주시했다.

순간적으로 한계 이상의 마나를 끌어올리는 대신, 그의 생명이 급속도로 사그라드는 게 느껴졌다.

고대의 마법 중에서도 너무나 위험한 마법! 하나 리스네는 아무런 망설임도 없이 발휘하고 있었다.

"아무래도 목표를 바꿔야겠어."

벨케는 결심을 굳히며 리스네를 노려봤다. 곧 그의 힘은 이세스가 아닌 리스네를 노리며 거대한 아가리를 벌렸다.

그와 함께 특수 능력을 발동한 이세스가 리스네를 감싸 안았고, 어느새 그 사이로 이동한 카란이 검을 양손으로 잡은 채 벨케의 기운과 맞부딪쳤다.

"아아… 아아……."

아폴레의 신음이 흘렀다. 그녀의 배에서 흐르는 피가 대지를 적셨다.

"감히, 감히……."

그러나 치명상을 입지는 않았다. 고대의 방패를 깨면서 위력이 많이 줄어들었고, 위급한 상황에서 순식간에 펼친 아폴레의 마법들이 발휘된 탓이다.

하나 아폴레는 자신의 마법이 깨진 것만으로도 충격을 받았다.

콰아앙!!

그때였다. 바로 곁에서 경악할 수준의 마나의 폭풍이 왕궁 전체를 휩쓸었다.

벨케와 카란의 힘이 맞부딪치면서 일어난 현상이었다.

이 점을 염려한 벨케가 일부러 범위 영향력이 적은 기술을 시전했지만, 카란의 힘과 맞부딪치자 왕궁을 집어삼키는 위력을 발휘했다.

"쿨럭……."

프리야 공작은 기습적인 엄청난 파동으로 인해 피를 토해냈으나 순간적으로 마나를 끌어올려 몸을 보호했기에 큰 부상은 입지 않았다.

사아아.

먼지구름이 사라지기 시작했다. 그리고 주변이 프리야 공작의 시야에 들어왔다.

성벽은 물론, 곳곳이 붕괴됐으며 왕궁도 부분 부분 박살이 나 있었다. 어떤 곳은 흔적 자체가 없기도 했다.

'어떻게…….'

프리야 공작은 이해할 수 없었다. 이 정도 파동이라면 둘의 힘이 어느 정도 비슷할 때 나타나는 현상이었다.

만약 한쪽이 우세했더라면 집어삼켜졌을 테니 말이다.

그런데 이곳에서 벨케와 비슷한 힘을 가진 이가 없었다. 물론 이세스의 플루닉이 있다 하지만 마나의 집결력은 이세스조차 벨케를 따라갈 수 없었다.

"아참……. 시드!"

프리야 공작은 시드를 떠올리며 다급히 고개를 두리번거렸다.

시드는 라탈 급이다. 더군다나 힘을 많이 소비한 상태였다. 그렇기에 지금의 파동을 견뎌내기란 쉽지 않았을 터이다.

"시드!!"

곧 시드를 발견한 프리야 공작은 다급히 그의 이름을 부르며 달려갔다.

"하아, 하아……."

시드는 거칠게 숨을 몰아쉬고 있었다.

위험을 느끼자 본능적으로 막아서려고 했지만 한계였다.

그 결과 시드는 꽤 심각한 부상을 입고 말았다.

"시드, 시드! 내 말이 들리느냐!"

프리야 공작이 시드의 상태를 확인하던 그때 벨케는 무심한 시선으로 자신의 앞을 쳐다봤다.

그곳에는 가면과 갑옷이 산산조각 나고 입에서 피를 흘리는 카란이 서 있었다.

이세스의 특수 능력에 고대 마법으로 인해 증폭된 힘을 합쳐서 맞부딪쳤지만 육체는 한계를 이겨내지 못하고 있었다.

그래서 몸 곳곳에서 살결이 찢어지며 피가 맺혔다.

‘어렵게 됐군.’

벨케는 방금 전 일격으로 적지 않은 마나를 소비했다.

한데, 카란만 쓰러지기 직전의 상태이지, 리스네와 이세스는 자잘한 상처를 입었을 뿐 건재했다.

또한, 지금까지 보여진 리스네라면 분명 카란을 계속 움직이도록 할 테였고, 지난번보다 더 안 좋은 상황이었다.

‘돌아가야겠군.’

벨케는 시선을 힐끗 돌려 시드의 상태를 확인했다. 좋지 않았다. 서둘러 가서 치료를 받아야 할 것 같다.

“끝내…….”

그때였다. 아폴레의 살벌한 목소리가 들렸다.

“여왕 폐하!”

리스네는 아폴레의 부상을 확인하며 깜짝 놀란 얼굴로 소리쳤다. 자신들의 계획에는 문제점이 없었다.

카란의 경우는 예측 범위에 있었지만 아폴레가 다칠 일은 존재하지 않았다.

하나 프리야 공작의 순간적인 힘은 그 예측을 벗어났다.

“모두를 죽여…….”

아폴레의 명과 함께 몸을 움직일 수 있는 기사들은 하나같이 플루닉을 소환했다.

그뿐 아니라 리스네가 고개를 끄덕이더니 다급히 마법을 시전했다.

혹시 모를 상황에 대비해 이미 아폴레의 비밀 군대가 집결해 있었다.

스파앗!

키에엑! 크르륵!

수십 명의 비밀 군대가 단체로 텔레포트되어 나타났다. 그 광경에 벨케는 쓴웃음을 흘렸다.

현재의 상황으로는 이세스와 아폴레를 이길 수 없었다.

더군다나 시드는 움직이지도 못하는 상태였고, 프리야 공작은 남아 있는 기사들과 플루닉이면 충분히 제압할 수 있을 터였다.

한데, 저런 흉흉한 괴물들까지 불러내다니.

상처 입은 아폴레가 얼마나 화가 나 있는지 잘 알 수 있었다.

"미안하군. 너희와 놀아주는 건 여기까지다."

벨케는 그 말과 함께 서둘러 시드를 부축했다.

"달아날 수 없습니다."

리스네는 그런 벨케에게 비웃음을 흘리며 마법을 허공 높이 쏘아 올려 신호를 보냈다.

그러자 떨어진 곳에서 대기하고 있던 마법사들이 한 번에 마나를 집중시키며 고대의 마법을 시전했다.

우우웅!

왕궁 전체를 원형의 붉은빛이 감싸 안았다.

예전 왕궁을 침입했을 때의 그 고대의 마법이었다.

아폴레가 프리야 공작이 언제 찾아오든 발휘할 수 있도록 미리 준비해 놓은 것이었다.

“이제 어쩌실꺼죠?”

“글쎄. 어쩔까?”

벨케의 대답에 리스네의 미간이 찌푸려졌다.

저들은 이길 수도 없으며, 고대의 마법으로 인해 이곳을 빠져나가지도 못한다. 그런데 어찌 저리 여유로울 수 있다 말인가.

왠지 모를 불안함이 머릿속을 지배했다.

“다음에 또 보지. 지금이다!”

벨케가 능글맞은 웃음과 함께 리스네와 아폴레한테 작별 인사를 건넨 뒤, 큰 목소리로 외쳤다.

그와 함께 시드를 통해 그들의 애기를 듣고 있던 에스는 악마의 힘을 빌려 고대의 마법을 시전했고 벨케, 시드, 프리야 공작의 신형은 리샤르 왕궁에서 사라졌다.

CHAPTER 05
스로우의 결심

"어떻게……."

아폴레의 가라앉은 목소리가 모두를 떨게 만들었다.

그 속에 담긴 분노는 리스네마저 움찔할 정도였으니 다른 이들은 오죽하겠는가.

"어떻게… 놈들을 놓쳤냐고!!"

파아앗!

외침과 함께 살기가 휘몰아치자 리스네는 다급히 아폴레를 진정시키기 위해 노력했다.

이 상황에서 나설 수 있는 이는 자신밖에 존재하지 않았다.

"여왕 폐하……."

"누구지, 누구냔 말이냐……."

아폴레는 누군가에게 묻는 것이 아닌, 스스로한테 질문을 던졌다.

그들이 사라졌을 때 고대의 마법에 충격과 함께 균열이 일어났다.

즉, 어떤 고위 마법사가 강제적으로 자신이 준비해 놓은 고대의 마법에 맞불을 펼쳤다는 뜻이었다.

한데, 리스네를 통한 정보에 의하면 그들의 곁에 고위 마법사는 존재하지 않았다.

'설마…….'

문득 아폴레는 마녀를 떠올렸다.

리스네는 분명 그날의 전투에서 마녀를 봤다고 했고, 그 마녀가 변신을 하자 마탈 급의 힘을 발휘했다고 전했었다.

'마녀의 수작인가.'

아폴레는 이를 바득 갈았다. 그렇다면 불가능한 일도 아니었다.

스으윽.

자신의 상처를 치유하며 아폴레는 주위를 둘러봤다.

적들은 한 명도 죽이거나 붙잡지 못했는데, 왕궁은 온통 부서지고 파괴되어 있었다.

더불어 벨케를 잡기 위해 카란한테 준비한 고대의 마법은 물거품이 됐고, 카란은 휴식을 취하며 며칠 치료를 받아야 했다.

그래 봤자 사라진 수명은 돌아오지 않겠지만.

"손해를 봤어."

그녀에게 있어 프리야 공작의 기사들은 하찮은 목숨이기에, 득보다 실이 많다고 느껴졌다.

"리스네."

"네. 여왕 폐하."

"그 마녀에 대해 자세히 얘기해 보렴."

이세스가 부서졌을 때 있었던 일에 대해 간략히 설명했었던 리스네는 기억을 더듬었다.

그녀가 마녀이고, 아폴레와 아는 사이인 것 같다는 점까지 말했었다.

'뭔가 더 있었는데……'

리스네는 집중력을 발휘했다.

희미하지만 그 외에도 그녀에 관한 무언가가 있었다. 무엇일까. 그래, 이름이었다. 주위에서 그녀를 불렀던 이름.

'설마……'

리스네가 기억을 돌이키고 있을 때, 아폴레의 표정이 어두워졌다.

한 여자가 떠올랐다. 잊을 수 없으며, 잊어서는 안 될 그녀.

하나 아폴레는 고개를 저으며 부정했다. 그녀는 죽었다. 시신을 확인하지는 못했지만 살아 있을 수가 없었다.

그러나 들려온 리스네의 얘기는 아폴레를 혼란 속으로 밀어넣기에 충분했다.

"에스. 그래요. 에스라고 불렀어요."

“에스……?”

프리야 공작은 두 눈을 깜빡이며 그녀를 쳐다봤다.

악마의 힘을 빌려 마녀란 느낌을 주는 모습 때문에 놀란 것이 아니었다.

그녀가 입가에서 피를 흘리며 쓰러져 있던 탓이었다.

“무슨 일이오……?”

“괜찮아요. 걱정 마세요…….”

에스는 애써 웃으며 안절부절못하고 있는 프리야 공작을 달랬다.

고대의 마법끼리 부딪치며 만들어진 충격의 파동으로 인해 부상을 입었지만, 심각한 수준은 아니었다.

“시드는?”

에스는 그의 상태를 떠올리며 다급히 고개를 돌렸다.

시드는 여전히 거친 숨을 내쉬며 눈을 뜨지 못하고 있었다.

“일단 서둘러 돌아가지.”

벨케가 마나를 끌어올리려는 에스의 손목을 붙잡으며 말했다.

혹시 있을지 모를 추격에 대비해 일부러 마르트가 아닌 아키라까지 와서 고대의 마법을 시전했다.

언제 추격이 붙을지 모르는 상황에 시간을 지체할 수 없었다.

“그래.”

　에스는 벨케의 의견에 동의하며 간단한 치료 마법과 회복 마법을 시드에게 시전했다.

　그리고 프리야 공작을 안타깝고, 고마운 눈길로 쳐다봤다.

　자신이 받은 상처가 감당이 안 될 텐데도… 자신을 하염없이 걱정해 주는 그의 마음이 슬프기도 했으며, 너무 좋아서 눈시울이 뜨거워질 정도였다.

　“이리 오시오.”

　“괜찮아요…….”

　“내가 괜찮지 않단 말이오!”

　프리야 공작은 언성을 높이며 에스를 자신에게 기대게 만들었다. 그러자 에스의 볼이 살짝 붉어졌다.

　곧 그들은 자리하고 있던 숲을 최대한 빨리 벗어나 마르트를 향해 텔레포트를 시전했다.

＊　　　＊　　　＊

　스로우는 천천히 리스네의 저택을 돌며 풍경을 눈에 담았다.

　기사들과 병사, 하인들이 인사를 하자 그는 사람 좋은 웃음을 띠며 한 명 한 명 받아줬다.

　그러자 그들은 내심 의아했다. 스로우가 저렇게 웃어주는 경우가 많지 않았던 탓이다.

　하나 티를 내지 않으며 단순히 오늘 기분이 좋은 건가 보다라고 믿었다.

"아저씨, 뭐해?"

연못가에 앉아 먼 하늘을 바라보고 있을 때 저택에 있던 페이리가 곁에 다가왔다.

"그냥……. 기억하고 싶어서."

"뭐를 기억해?"

"아니야."

스로우는 쓸쓸히 웃으며 고개를 저었다.

"오늘따라 이상하네. 어디 가?"

"내가 가기를 어딜 가겠어……."

그의 말처럼 스로우가 떠날 일은 존재하지 않았다. 한데 왠지 모르게 기분이 묘했다. 마치 앞으로 못 볼 사람처럼 느껴졌다.

"리스네가 놔두고 가서 삐쳤구나?"

페이리가 짓궂은 얼굴을 가까이 들이대며 묻자 스로우는 실소를 흘렸다.

"그래. 그런가 보다."

"아저씨, 은근히 소심하네? 이제는 익숙해져야지."

스로우는 언제나 리스네의 곁에 있었다.

그녀가 어디를 가든, 무엇을 하든… 스로우는 리스네의 그림자와 다를 바 없었다. 가면의 남자가 나타났을 때도 마찬가지였다.

하나 시드가 나타난 이후 달라졌다.

리스네가 스로우를 혼자 두는 일이 간혹 생겼고, 왕궁을 차지한 이후로는 잦아졌다.

"뭐, 아저씨 입장도 이해되고, 리스네도 이해돼."

페이리는 복잡한 듯 머리를 긁다가 말했다.

그녀의 입장에서는 둘 모두가 이해됐다.

스로우도 리스네한테 섭섭한 마음이 들 테고, 리스네 또한 왕궁을 손에 쥔 그날 나서지 않았던 스로우한테 골이 났을 수 있으니.

"에잇, 모르겠다. 술이나 마시자. 아네뜨도 오라 할게."

스로우는 나름 신경 써주는 페이리의 모습에 고개를 끄덕였다.

항상 티격태격하던 그녀가 저러는 건 걱정을 해주고 있다는 뜻이었다.

"아네뜨와 먼저 가 있어. 준비 좀 하고 갈 테니."

"알았어. 늦지 마세요. 이 아저씨야."

페이리는 스로우의 이마를 살짝 쥐어박으며 자리에서 일어섰다.

그들이 가끔 들르는 술집은 정해져 있었기에 어디인지 말하지 않아도 상관없었다. 페이리가 멀어져 가자 스로우는 그제야 몸을 일으켰다.

'이제⋯ 돌아오지 못하겠지.'

자신의 방에서 짐을 꾸리던 스로우는 창문을 통해 항상 봐왔던 광경을 눈에 새겨 넣었다.

'단단히 화를 내겠군.'

술집에서 한참을 기다리다 자신이 사라졌다는 사실을 알게 되면 방방 뛸 테지.

피식.

그녀의 모습이 떠오른 스로우는 저도 모르게 웃음을 터뜨렸다.

미운 정도 정이라고… 페이리와는 다툰 기억이 더 많은데도 벌써부터 그리워졌다.

'그분은……'

모든 짐을 챙긴 스로우는 마지막으로 리스네를 떠올렸다.

자신이 떠난 사실을 알게 되면 어떤 반응을 보일까…….

물론 충분히 예상은 가능했다. 리스네가 어릴 때부터 함께 해왔기에.

하나… 그 예측이 맞을지 확신할 수 없었다. 가면을 벗은 리스네를 알았기에.

오늘 아침이었다. 한 남자가 은밀히 자신을 찾아왔다. 그는 시드가 보내서 왔다고 했고, 스로우는 고민 끝에 그와 따로 만나기로 했다.

시드가 보냈다면 분명 이유가 있으리라는 판단 때문이었으다. 때마침 리스네는 가면의 기사와 함께 왕궁에 가 있는 상태였으니 자유로이 움직일 수 있었다.

그리고 또 다른 남자를 만나게 됐다. 그 남자는 자신을 사라진 검은 달의 마스터인 블스라 소개했다.

더불어 그에게 놀라운 얘기를 듣게 됐다.

가면의 남자가 행방불명되어 사라진 카란이라는 사실을……

스로우는 머릿속이 어지러웠다. 그래. 심적으로는 이미 시드의 말이 맞을지도 모른다고 믿었다.

마르트 왕국에서 벌어진 일. 리스네의 거짓말. 그 모든 것들이 리스네가 무언가를 속이고 있다는 뜻이었으니.

한데 그 남자가 카란이라니……. 눈으로 본다 해도 쉽사리와 닿지 않을 충격적인 발언이었다.

하지만 놀랄 일은 그것뿐만이 아니었다.

시드가 프리야 공작과 그때 봤었던 초인족과 함께 나타난 것이었다.

"저는 아직 리스네 공작님의 기사입니다."

스로우가 말했다. 그 얘기에 시드는 웃으며 고개를 끄덕였다.

"압니다. 제 결정이 위험할 수도 있다는 사실을. 그렇지만 전 스로우님을 믿습니다."

시드는 그 말과 함께 자신들은 이제 곧 왕궁으로 찾아가 아폴레와 리스네를 만날 것이란 사실을 알려줬으며 무언가를 내밀었다.

그건 마법 장비였는데, 두 개를 나눠 가지고 마나를 집어넣으면 상대 쪽에서 하는 말을 들을 수 있는 것이었다.

마법 통신구와는 달리 한 번만 마나를 주입하면 오랜 시간 사용이 가능했고, 또한 손에 쥐고 있지 않아도 들을 수 있기에 염탐할 때 주로 쓰이는 도구였다.

그와 함께 시드 일행은 떠났고 확실함을 얻고 싶었던 스로우는 망설이지 않고 마나를 불어넣은 뒤, 소리에 집중했다.

그리고 리스네가 한 모든 얘기를 듣게 되었다.

"아가씨… 아가씨……."

입구로 나온 스로우는 저택 전체를 눈동자에 담으며 나지막하게 말했다.

머릿속으로 많은 기억이 스쳐 지나갔다.

어릴 때의 리스네, 어머니를 잃고 슬퍼하던 리스네, 시드와 함께 하던 리스네, 자상하고 따스하던 리스네.

마지막으로…….

스로우는 이를 꽉 깨물었다.

아무것도 몰랐다는 사실로 인한 배신감은 느껴지지 않았다.

단지 슬펐다. 통곡을 하고 싶을 만큼 하염없이 슬펐으며, 가여웠다.

스로우는 천천히 고개를 숙여 리스네의 저택을 향해 마지막 인사를 남겼다.

"오빠, 오빠!"

"히유! 히유!"

"……."

바에튼의 저택에서는 메리아와 샤인의 울부짖음이 난무

했다.

의식을 잃은 상태로 돌아온 시드가 스피네의 치료 마법에도 깨어나지 않아 초조함은 극에 달했다.

"아저씨가 책임져요!"

"히유!"

결국 그 화살은 곁에 앉아서 난처해하는 벨케에게 쏟아졌다.

"그래. 내가 죽을죄를 졌다."

벨케는 머리를 긁적이며 둘의 시선을 애써 회피했다.

어떻게 됐냐고 묻길래 무심결에 사실을 말해 버렸다. 그래서 메리아와 샤인에겐 시드가 이렇게 된 게 벨케 탓이었다.

평소 메리아의 성격이라면 샤인보다는 차분하고, 깊게 상황을 봤겠지만, 시드가 관련될 경우 그녀 역시 어린아이일 뿐이었다.

'이놈아, 빨리 일어나라.'

벨케는 눈치를 슬슬 보면서 시드에게 마나를 불어넣어 준 뒤, 마음으로 속삭였다.

현재 에스 역시 쓰러진 상태였다. 악마의 힘을 빌려 몸에 부담이 생긴 탓이다.

예전이라면 몸이 나을 때까지 홀로 시간을 보냈겠지만, 지금은 프리야 공작이 있어 떠나지 않았다.

시간이 흘렀다. 새벽이 찾아왔다.

꿈틀.

시드의 손가락이 살짝 움찔거렸다. 그리고 머지않아 곧 눈을 떴다.

'어디지…….'

몸을 일으키려던 시드는 통증이 밀려오자 인상을 찌푸린 뒤 재차 침대에 누웠다.

어두웠지만 시드는 시력으로 인해 방 안의 풍경을 확인할 수 있었는데, 자신이 머무르는 방이었다.

'그래, 그때…….'

시드는 의식을 잃기 전 자신을 떠올렸다.

분명 갑자기 마나의 폭발의 일어났고, 그 파동에 휩쓸린 뒤부터는 기억이 나지 않았다.

'돌아왔다는 건 다들 무사하다는 뜻이겠지?'

시드는 숨을 길게 내쉬며 두 눈을 살짝 감았다.

몸의 상처는 다 나은 듯했지만 피로가 밀려왔다. 이대로 조금 더 쉬고 싶었다.

하나 시드는 쓴웃음과 함께 곧 자리에서 일어섰다.

카란이 떠올랐다. 자신을 무시하며 싸우던 그때의 감정이 타올랐다.

누워 있을 수만은 없었다. 아직 몸을 움직이는 게 쉽지 않더라도… 살아 있는 한 걷고, 또 걸어야 했다.

조금이라도 빨리, 높이 갈 수 있도록.

"응?"

몸을 일으킨 시드는 숨소리를 느끼며 조심스럽게 고개를 돌렸다.

"곁에 있어줬구나……."

시드는 작은 목소리로 중얼거리며 따스하게 웃었다.

메리아와 샤인이 침대 바로 옆 바닥에서 서로를 껴안은 채 잠들어 있었다.

스으윽.

시드는 조심스럽게 자신이 덮고 있던 이불을 그녀들에게 덮어줬다. 그리고 발걸음이 나지 않도록 주의를 기울이며 문을 열고 밖으로 나왔다.

투투툭.

어둠에 침식당한 밖은 아무도 존재하지 않았지만, 하늘에서 떨어지는 빗방울이 시드를 반겼다.

시드는 잠시 고개를 들어 하늘을 바라봤다.

새카만 그곳에서 투명한 물이 내려 눈동자 속에 떨어졌다.

'이런 날은… 술을 마셔줘야 하는데.'

전생에서는 비가 내리면 괜히 우울해졌다.

비에 관한 특별한 일은 없었지만, 상처가 생기고, 추억이 늘어갈수록… 그렇게 변했다.

촉촉이 적시는 빗물과 투욱, 투욱 떨어지는 빗방울 소리가 생각에 잠기게 만들어서인지도 몰랐다.

"여어, 거서 뭐 하냐?"

그때였다. 등 뒤에서 들리는 목소리에 시드는 누구인지 알아차리고는 웃는 얼굴로 고개를 돌렸다.

그곳에는 배를 긁으며 다가오고 있는 벨케가 있었다.

"몸은 괜찮냐?"

"네. 완벽하게 회복은 못했지만 움직이는데는 지장없어요."

"호오, 그렇단 말이지……?"

"뭐, 뭐지!"

벨케가 새하얀 이를 드러내며 웃자 시드는 알 수 없는 불안감을 느끼며 뒤로 주춤 물러섰다.

"네놈 때문에 내가 얼마나 고생했는지 아냐……?"

"제, 제가 뭘요!"

시드는 기억을 더듬었다.

하나, 오늘 자신이 벨케를 괴롭게 한 일은 절대 없었다!

"오호, 그래? 네놈이 부상 입고 와서 두 꼬마한테 죽어라 시달렸건만… 뭘요라니!"

'당신이 그렇게 만들었잖아! 힘 조절을 하던가!!'

얼마든지 무사히 빠져나올 수 있었다. 프리아 공작을 위해서라 할지라도, 시간만 끌어줬으면 됐다.

꼭 본인이 싸우고 싶었다 할지라도 주위를 좀 생각하고 힘을 발휘했어야 했다!

자신이 힘을 거의 소진했다는 사실을 알면서도 바로 근처에서 그런 폭발을 일으킨 주제에… 지금 누구를 탓한단 말인가!

"자, 그럼 시작해 볼까?"

"……"

우드득! 우드득!

서서히 주먹을 풀며 다가오는 벨케!

"뭐, 뭐를 말입니까!"

시드는 식은땀을 흘리며 서서히 마나를 끌어올렸다.

아무리 억울하고, 억울하지만… 얘기가 통할 상대가 아니다!

"너 수련하려고 나온 거잖아? 도와주겠다는 거지!"

'그렇게 살기를 풍기면서 말입니까.'

"자, 간……."

타타탁!

벨케가 움직이려고 하자 시드는 필사적으로 메스토의 스텝을 발휘했다.

갑작스럽게 마나를 끌어내 몸에 무리가 오기는 했지만, 벨케한테 서럽게 두들겨 맞는 것보다야 나았다.

"오호? 역시 재미있는 녀석이야. 좋아. 즐겨주지!"

그런 시드한테 끈적한 미소를 날린 뒤, 순식간에 뒤를 쫓는 벨케!

그리고 시드는 이틀 동안 치료를 받아야 했다.

오로지 두들겨 맞은 부상만으로…….

"시드! 걱정 많이 했다!"

'저런 쳐죽일……!'

몸이 다 낫자 진심으로 걱정하는 척 다가오는 벨케로 인해 시드는 치를 떨었다.

자신을 이토록 잔인하게 밟은 인간이 누군데!

하나 시드는 애써 웃는 얼굴로 그의 위로를 받아들였다.

아직 아무도 자신이 왜 다쳤는지 모르고 있었다. 그렇기에 어색한 티를 냈다가는 의혹을 살 수가 있었다.

물론, 벨케한테 맞았다고 일러서 메리아와 샤인이 그를 괴롭히게 할 수도 있었다.

하지만 그럴 경우 이어질 후폭풍을 충분히 예상할 수 있기에 시드는 입을 꼭 다문 채 침묵했다.

법은 멀고 주먹은 가깝다! 세상의 이치였다.

자리에서 일어선 시드는 에스의 상태를 먼저 살폈다. 다행스럽게도 그녀는 기력이 많이 약해졌지만, 큰 문제는 없는 듯했다.

물론, 프리야 공작의 앞인지라 애써 괜찮은 척하는 것일 수도 있었다.

그 후, 블스와 마법 통신을 했고, 홀로 누군가를 만나고 오려 했다.

그러자 요즘 같이 시간을 자주 못 보낸 메리아가 팔을 살짝 붙잡으며 작은 목소리로 중얼거렸다.

"오빠, 나도 같이 가면 안 돼……?"

"같이 갈래?"

"진짜?"

어차피 본격적으로 수련에 돌입하면 지금 같은 시간이 더욱 없어질 터였다. 어쩌면 밥 먹을 때를 제외하고는 함께할 수 없을지도 몰랐다.

그 정도로 시드는 지금의 한계를 뛰어넘고 싶은 욕망이 컸으니깐.

또한, 메리아가 같이 가도 문제는 없었다.

"그래. 진짜지."

"헤헤. 응! 응!"

메리아가 뛸 듯이 기뻐하자 시드는 기분이 좋아짐을 느끼며 마법 주문서를 꺼냈다.

바에튼의 저택에는 여러 왕국으로 향하는 주문서가 많았는데, 이번에 가야 할 목적지는 아카리 왕국이었다.

"샤인도 같이 가면 좋을 텐데."

주문서를 찢으려 하자 메리아가 아쉬운 어투로 중얼거렸다. 샤인은 현재 낮잠을 즐기고 있었다.

한때 샤인에게 질투를 느꼈던 그녀였지만 라인, 시란 등 성숙한 여자들이 곁에 나타난 이후로는 급속도록 가까워졌다.

마치 사랑의 공동 연합을 구축한 것처럼.

"다음에 같이 가자."

시드는 메리아의 마음 씀씀이를 기특하게 여기며 주문서를 찢었고, 메리아 역시 그 뒤를 따랐다.

"피에취가 싱싱하고 쌉니다!"

"맛 좀 보고 가세요! 먹어보면 어느새 사고 있을 것입니다!"

"오늘 해물이 좋아요!"

아카리의 대형 항구에 도착하자 주위는 온통 사람들로 북적거렸으며, 장사를 하는 이들로 인해 소란스러웠다.

"하아. 시원하다!"

배들 사이로 넓게 펼쳐진 바다를 바라보던 메리아가 함박웃음을 지으며 양팔을 길게 벌렸다.

물고기들로 인해 비릿한 내음도 났지만 새파란 바닷물은 그 냄새조차 상쾌하게 만들어주는 듯했다.

"좋니?"

"응, 좋아. 오빠랑 같이 와서 더욱 좋고……."

메리아가 살짝 볼을 붉히며 대답했다.

시드는 그런 메리아에게 따스한 웃음을 지어주며 손을 잡았다.

워낙 많은 인파들로 인해 혹시나 떨어질 수도 있기 때문이었고, 메리아 역시 그 심정을 잘 알았다.

하나, 체온이 감도는 시드의 손을 잡자 가슴이 두근거리는 것은 어쩔 수 없었다.

끼이익.

식당의 문이 열리는 소리에 가벼운 안주와 함께 술을 한 잔 마시고 있던 시드의 고개가 돌아갔다. 입가에 미소를 지은 채였다.

이곳에 들어와 기다린 지 30분째. 드디어 만나기로 한 사람이 찾아왔다.

블스와 그리고… 스로우였다.

*   *   *

'도대체 왜…….'

왕궁 재건을 지켜보며 리스네는 손톱을 잘근잘근 깨물었다.

첫날에는 잠시 어디를 갔으리라 믿었다. 얘기를 안 하고 사라진 게 의아했지만 떠났을 것이라고는 생각할 수 없었다.

물론, 술집에 먼저 가 있으라 하고 사라졌다는 사실이 마음에 걸렸지만… 애써 부정했다.

그런 일은 있을 수가 없었다. 절대로.

하나… 며칠이 지난 이제는 초조함을 감출 수가 없었다.

이토록 오래 걸린다면 분명 중간에 보고라도 필히 하는 남자였다. 자신이 신경 쓸 것을 뻔히 아니깐.

아니, 신경을 쓰지 않더라도 혹여나 걱정할까 봐 배려하던 스로우였다.

'무슨 일이 있는 건가?'

그렇다면 두 가지 상황밖에 존재하지 않았다.

신변에 위험이 닥쳐 연락을 할 수 없다는 것과 스스로… 떠났다는 것.

첫 번째 가정은 충분히 있을 법한 얘기였다.

스로우의 실력이 뛰어나지만 시드 쪽에는 더욱 뛰어난 이들이 존재했다.

그렇기에 자신의 곁에 없을 때는 홀로 움직이는 것을 좋아하는 스로우이기에, 얼마든지 무력으로 제압할 수 있었을 것이다.

그런데 의아한 점이 있다면 스로우가 사라진 날이었다.

그날은 프리야와 시드, 벨케가 왕궁에 찾아온 날과 같았으며, 스로우가 없어진 시간대는 그들이 왕궁을 떠나고 오래 지나지 않아서였다.

즉, 첫 번째 가정이 무너진다.

왜냐하면 추적을 해본 결과 그들이 이동한 곳은 아카리 왕국이었다.

그 근방을 모두 뒤져 마법진의 흔적을 또 찾아내 마르트로 간 사실을 알게 됐지만, 그 뒤 어디로 갔는지는 알아내지 못했다.

스로우가 페이리에게 술집에 가라 했을 때가 딱 그 시각이었고 말이다.

가정이 성립하기 위해서는 그들이 마르트에 도착하자마자 다시 리샤르로 와서 스로우를 데리고 갔다는 것인데 사실상 불가능했다.

시드의 상태가 좋지 않았으며, 힘겹게 빠져나가 놓고 곧바로 다시 불 속에 달려들기란 쉽지 않았으니.

만약 스로우를 납치할 계획이었다면 다른 날로 잡았을 것이다.

'다른 누군가가 있는 건가.'

리스네가 가장 신경 쓰는 것은 시드였다.

시드와 벨케, 마탈 급의 힘을 쓰는 에스, 이제는 프리야 공작에 여럿 동료들까지.

훗날을 위해서라도 얼른 처리해야 되는 눈엣가시이지만, 찾는 것조차 쉽지 않은 적들.

그렇기에 다른 쪽으로는 신경을 돌릴 여유가 없었다.

시드와 그의 일행, 왕궁 일만으로도 머릿속이 복잡했으니.

하지만 무력으로 왕권이 교체되면서 분명 악감정을 가진 이들이 존재할 터였다.

매일매일 편이 될 수 없거나 위험하다는 판단이 드는 자들을 잡아내 고문하고 죽였지만 모두가 잡힌 것은 아닐 터였다.

또한, 귀족들 외에도 세력이 생겼을 수도 있고 말이다.

그렇지만 리스네는 그쪽으로는 크게 와 닿지 않았다.

스로우 정도의 실력자를 소리 소문 없이 제압할 이들은 많지 않으며, 그날 스로우의 태도가 이상했다는 페이리의 애기가 자꾸 걸렸다.

'떠난 거야……?

리스네는 여러 감정이 맺힌 눈동자를 들어 하늘을 쳐다봤다.

시간이 지나면 지날수록, 생각을 하면 할수록… 그가 스스로 택한 길이라는 사실에 무게가 실렸다.

하나 특별한 이유를 찾을 수가 없었다.

시드가 나타나면서 그와 동행하지 않은 횟수가 늘어났다. 하지만 절대 그런 이유로 상처 입어서 사라질 남자가 아니었다.

그가 자신을 오랜 시간 지켜봐 온 만큼, 자신 역시 그를 오랜 시간 봐왔으니 확신했다.

그러면 다른 이유가 있다는 뜻인데…….

'설마…….'

리스네는 고개를 저었다.

그는 진실을 알게 되면 심적 갈등을 겪을 남자였다. 그렇다고 버리기도 아까운 남자였다.

그래서 시드가 나타난 이후, 그가 알 수 없도록 주의를 기울였다. 카란하고만 움직일 때가 있었던 것도 그러한 이유에서였다.

그런데… 모든 것을 알게 된 건가?

'아니야. 아니야.'

그날도 스로우는 저택에 있었으므로 시드와 프리야 공작, 벨케가 찾아왔다는 사실조차 모를 터였다.

자신들 역시 그들이 왕궁에 직접 찾아와서야 알았으니 말이다.

그렇다고 누군가가 왕궁에서 벌어지는 일들을 스로우와 페이리 등이 있는 저택에 보고했을 리도 없고.

혹시나 하는 마음에 조사해 봤지만 역시 없었다.

'도대체 왜!'

빠각!

잘근잘근 씹고 있던 길고 투명한 손톱이 부러졌다. 리스네가 저도 모르게 치아에 힘을 준 탓이었다.

답답했다. 그리고 왠지 모르게 불안했다.

마치 맑은 하늘에 먹구름이 밀려오는 듯…….

챙그랑!

아폴레는 술잔을 거칠게 집어던지고 한 손으로 이마를 부여잡았다. 머리가 지끈거리며 아파왔다.

그날 에스라는 이름을 듣고 얼마나 많은 양의 술을 마셨던가.

왕궁의 재건이나, 재건 후로 미뤄진 각국의 주요 인사들이 참석하는 취임식 준비는 리스네가 있기에 염려할 필요가 없었다.

'살아 있었다는 말이지……?

아폴레는 실소를 흘렸다.

과거 마녀들을 싫어했던 그녀가, 마녀가 돼서 목숨을 연명할 줄은 생각조차 못했다.

그토록 삶에 대한 집착이 컸던 것인가, 아니면 프리야 공작을 향한 사랑이 큰 탓일까, 그도 아니면… 자신을 향한 복수심이 그렇게 만들었나.

"재미있어, 정말……."

즐거웠다. 운명이라는 틀 안에서 엉켜진 수많은 실들이 하나로 풀리는 듯한 느낌이었다.

자신과 리스네한테 목숨을 위협받은 에스와 시드의 만남이라…….

우연이라고 치부하기에는 너무 극적이었다.

"벨케와 프리야 공작도 있지."

아폴레는 잠시 두 눈을 감았다.

지금의 그들만으로도 충분히 위협적이었다.

양 진영 다 전력으로 승부를 볼 경우에는 상대가 안 되겠지만, 그들이 바보가 아닌 이상 그럴 일은 없었다.

또한 언제든 기습을 올 수도 있었고 말이다.

에스로 인해 고대의 마법이 깨진 이상, 얼마든지 자유롭게 왔다 갔다 할 수 있으니 말이다.

만약 리스네와 카란이 없는 상황에서 만나게 된다면 상황을 장담할 수 없게 된다.

'가장 큰 문제는…….'

사실 기습 부분은 앞으로 조심하면 됐다.

위험한 건 자신뿐 아니라 리스네도 마찬가지니, 그들을 무너뜨리기 전까지는 같이 움직이면 되니깐 말이다.

또한, 지금보다 더욱더 안전에 대비하고.

가장 위협적인 존재는 벨라케니, 그만 철저하게 대비를 하면 그만이었다.

하지만 문제는 시간이 흐를수록 그들의 힘이 커진다는 사실이었다.

지금은 비록 비교 자체가 불가능한 수준이지만, 그들의 성
장이 예상을 넘는 수준이고, 그들한테는 벨라케 또한 있었다.

아직 벨라케가 나타났다는 소문이 전혀 없는 것을 보면 스
스로를 감추고 있는 듯한데, 그가 마음먹고 나선다면……?

'그렇게 놔둬서는 안 돼.'

아폴레는 비틀거리며 자리에서 일어섰다.

술 따위는 마법으로 얼마든지 증발시키고 싶지만, 복잡한
심경 때문인지 지금은 그러고 싶지 않았다.

그리고 잠시 재건 상황을 살피러 나간 리스네를 호출했다.

싹이 자라기 전에 뽑아야 한다.

그때 자르지 못한… 에스라는 싹도 함께 말이다.

*　　　*　　　*

"함께 가시겠습니까?"

맞은편에 앉은 스로우를 마주 보며 시드가 묻자 그는 잠시
침묵을 지켰다.

대화할 시간을 만들어주기 위해 블스가 메리아를 데리고 자
리를 비워서 주위에는 아무도 없었다.

"시간이 필요하신가요?"

그렇게 물으면서 시드는 스로우의 비워진 잔에 술을 따랐
다.

알고 있었다. 그가 자신을 찾아왔다는 건 마음의 결정을 내

렸다는 뜻이다.

하나 쉽사리 그 대답을 내놓지 않았다. 후회하거나 갈등이 아닌, 마음이 아파서였다.

리스네와 돌아서야 한다는 사실에…….

"저는 시드님의 도움을 받았습니다."

과거, 리메토에게 가족이 위협받던 때의 얘기였다.

"하지만 갚을 기회가 없었죠. 공작님의 진실을 처음 전하셨을 때… 만약 거짓이라면 절대 용서하지 않으리라 다짐했습니다. 아무리 시드님이라 할지라도."

"네."

스로우의 입장에서는 당연한 생각이었다.

"그리고… 만약 진실이라면 시드님을 돕기로 결심했습니다."

"그랬군요."

사실 시드도 확신하지는 못했다.

스로우가 불의를 보지 못하는 성격이라 할지라도, 리스네 앞에서는 하염없이 약해졌으니 말이다.

그렇기에 모든 진실을 알고도 그녀의 곁에 있을 수 있지 않을까 하는……. 하지만 괜한 기우였다.

"묻고 싶은 게 있습니다."

"네. 말씀하세요."

시드는 금방 따라 거품이 올라오는 술로 목을 축였다.

"그분이 정말 카란님이십니까?"

시드의 표정이 살짝 찌푸려졌다. 마법 장치를 시드한테 달아놨기에, 카란을 부를 때 들은 것이다.

"그렇습니다."

"어떻게……."

스로우는 한 손으로 이마를 짚었다.

시드가 카란 형님이라 할 때 무슨 상황인지 도저히 감이 오지 않았다. 도대체 카란이 왜 그곳에…….

하나 가면의 기사가 스쳐 지나가면서 스로우는 해선 안 될 상상을 하고 말았다.

"의식이 없다는 상태만 알지, 정확한 이유는 저희도 확신할 수 없습니다. 다만 카란 형님인 건 확실합니다. 얼굴을 봤으니깐요."

"하, 하하……."

스로우는 힘없이 웃었다.

시드와 함께 자신을 도와줬던 카란이었다. 그리고 카란을 함께 찾아주자며 걱정하던 리스네의 모습도 떠올랐다.

어디까지가 진실이고, 어디서부터 거짓일까…….

"하나만 더 물어봐도 되겠습니까?"

"무엇이든지요."

"백작님의……."

스로우는 한 번 말을 끊었다. 그토록 입 밖으로 꺼내기 괴로운 얘기란 뜻이었다.

"백작님의 죽음과도… 관계가… 있습니까?"

스로우는 천천히, 힘겹게 애기를 꺼냈다. 대답을 기다리는 그의 두 눈동자는 떨렸다.

믿음이 깨지자 그 어떤 것도 믿을 수가 없었다. 그의 마음은 흔들렸다. 스로우가 리스네를 떠나는 계기 중 가장 큰 이유였다.

"물증은 없습니다만, 있다고 판단합니다."

"어째서죠?"

시드는 재차 술로 목을 축였다.

그는 아니란 대답을 원했을 것이다. 그렇다 해도 돌아가지는 않겠지만… 최소한 그 부분만큼은 바랐을 테다.

리스네의 기사이기 전, 그는 원래 리스토의 기사였으니.

"그 상황에서 살수를 보냈다면 리메토밖에 없습니다."

스로우는 고개를 끄덕였다. 당시에도 리메토의 소행이라 보고, 그를 찾기 위해 수배까지 걸리지 않았던가.

"물론, 제 생각은 다르지만요."

"무슨……."

스로우는 저도 모르게 반문했다가 입을 다물었다. 그의 애기를 마저 듣고 나서 반박해도 늦지 않는다.

"리메토가 살수를 보냈다면… 가장 먼저 노려야 할 사람은 백작님이 아닌 리스네였습니다."

시드는 이 부분에 관해 몇 번이고 고민했었다.

"백작님을 죽여봐야 리메토가 얻을 수 있는 것도 없을 뿐더러 감정적인 부분으로도 리스네가 우선이겠죠. 하지만 그들은 백작님을 먼저 죽였습니다. 하녀의 비명 소리가 들려 기사들이 들이닥쳤을 땐… 타렌이 죽어 있었으며, 리스네는 복부에 상처를 입었다고 들었습니다.”

“그렇습니다.”

시드는 천천히 고개를 저었다.

“저는 그 부분에서 의문이 생겼습니다. 백작님을 먼저 죽일 순 있습니다. 그러나 하녀의 비명 소리가 들린 뒤에도 리스네가 살아 있었다는 건 분명 하녀가 먼저 죽었다는 뜻입니다. 그들은 기사들이 올 것이란 사실을 알면서도 임무를 처리하기 위해 방으로 들어갔고요. 그렇다면… 리스네와 타렌 누가 우선순위일까요?”

스로우는 대답을 할 수 없었다. 못하는 게 아니라 안 하는 것이었다.

“타렌이 방해를 해서 귀찮았기 때문에? 글쎄요. 그들은 타렌은 물론 스로우님과 모두의 정보를 가지고 침입했을 것입니다. 그런데도 두 명만 갔다는 건 자신들의 실력에 자신이 있다는 뜻입니다. 그런 자들이 타렌을 죽일 동안 리스네를 못 죽였을까요? 기사들이 들어가기 전, 살수 둘과 그 둘 외에는 없었던 것으로 아는데 말입니다.”

스로우는 깊은 침묵에 빠져들었다.

당시에는 리스토와 타렌이 죽고, 리스네가 다쳐 모두가 정신이 없는 상황이었다.

그 와중에 범인으로 리메토가 지목되자 당연히 그러리라고 믿었었다. 아니, 범인이 리메토 말고는 존재할 수 없었다.

'믿음은 판단을 흩트리지…….'

시드는 리스네를 믿지 않았다. 그렇기에 이런 식의 추리도 할 수 있는 것이었다. 블스도 마찬가지고 말이다.

하나, 거짓된 리스네만 아는 이들은 절대 생각할 수 없었다. 이미 피해자라고, 절대 그럴 리 없다고 단정 짓고 추측했을 테니 말이다.

물론, 의혹을 가진 이들도 있었겠지만 다수의 의견에 묻혔을 것이 뻔했다.

그 사건은 범인을 밝혀내기 너무나 쉬웠다. 오히려 그게 함정일 것이라고는 의심치 않은 채.

"또한 오랜 시간 리메토와 페울을 본 이가 아무도 없다는 것도 의혹 중 하나입니다."

"그렇다면… 시드님 생각은?"

"범인이 리스네라면 맞아떨어집니다."

시드는 그 말을 하면서 주위를 살폈다.

이른 시간이라 조금 떨어진 테이블에 밥을 먹는 한 일행이 있을 뿐이다.

목소리를 낮추고 있기에 그곳까지 들리진 않을 것이다. 그들 역시 신경 쓰고 있지 않았다.

"하지만 동기가……."

"네. 리스네에게는 죽일 이유가 없었습니다. 기다리면 그녀가 후계자가 되리라 모두 믿었으며, 타렌은 심복이었죠…….

겉으로는 말이죠."

"확신하십니까?"

시드는 스로우를 빤히 쳐다봤다. 그러자 스로우는 살짝 고개를 떨구었다. 시드의 눈빛에서 읽을 수 있었기 때문이다.

"첫 번째, 리메토가 저지른 일 치고는 너무 무모했습니다. 죽기 직전에 달아난 그가 겨우 단둘의 살수를 보냈을 리가 없죠. 그들의 실력이 아무리 뛰어나도 그는 당시 마탈 급이었던 제가 같이 있는 줄 알 테니깐요."

"아……."

스로우의 머릿속으로 무언가가 스쳐 갔다.

그래. 그날 시드가 흔적도 없이 사라졌다. 그런데… 마치 시드가 없다는 사실을 알기라도 한 듯 단둘만 보냈다.

몰래 동태를 살폈다 할지라도 잠시 자리를 비웠다고 보는 게 정상인데 말이다.

"두 번째, 살수들이 치명적인 실수를 저질렀습니다. 애초에 리스네를 죽일 마음이 없었던 것처럼 말이죠."

시드는 문득 리스네를 위해서라면 몸을 사리지 않고, 언제나 자신과 티격태격했던 타렌이 떠오르자 쓰게 웃었다.

"세 번째, 백작님과 대화를 한 적이 있습니다. 그분은… 리스네를 대단히 경계하고 계시더군요. 저에게 경고도 주셨고요. 미처… 그 본질을 깨닫지 못해서 당했지만, 그분은 리스네의 진실된 모습을 가장 먼저 알고 계셨습니다. 그녀에게 죽일 동기는 존재했죠. 다만… 그 동기를 아무도 몰랐을 뿐."

스로우는 놀람을 감추지 않았다. 그와 시드 사이에 그런 일이 있었다니…….

"네 번째, 타렌도 세 번째와 같은 이유입니다. 그날… 타렌도 함께 그 자리에 있었습니다. 즉 이세스와 저에 관한 일을 그는 알고 있었죠. 물론, 이게 확실한 이유인지는 저도 확신할 수 없습니다. 다만… 리스네가 타렌을 믿지 못하는 어떤 일이 있었다면, 충분히 가능한 일이죠."

"그렇… 군요."

"마지막으로 다섯 번째, 리스네가 의혹을 전혀 사지 않는 사건이었다는 것."

그 말과 함께 시드는 몸을 일으켜 밖으로 나갔다.

스로우에게 혼자만의 시간을 주기 위함이었다. 그는 지금 숨쉬는 것조차 싫을 만큼 괴로울 테니…….

"오빠! 이것 봐라. 예쁘지?"

"와. 어디서 났어?"

"헤헤. 아저씨가 사줬어."

"오빠라고 하라니깐!"

메리아의 발언에 블스가 짓궂은 표정으로 따지자 메리아는 시드의 품으로 파고들며 혀를 길게 내밀었다.

그런 메리아의 목에는 붉은색의 아기자기한 목걸이가 메여 있었다.

스르륵.

그때였다. 바로 뒤에서 문이 열리는 것과 동시에 모두의 시선이 스로우에게로 향했다.

그러자 스로우는 하늘을 보며 숨을 한 번 크게 내쉬더니, 시드한테 얘기했다.

"함께 가겠습니다."

달이 잠든 세상을 비추고 있는 시각.

리스네는 카란과 다섯의 라탈 급 기사들과 함께 어딘가를 찾았다.

화려한 장식이 달려 있으며, 크기가 거대한 묘. 바로 리스토의 묘지였다.

다른 이들의 이목으로 인해 형식상 온 적은 많았지만 그녀가 직접 원해서 찾는 경우는 드물었는데 오늘이 바로 그랬다.

"아버지……."

기사들이 일정 거리 떨어지자 리스네는 묘를 바라보며 말했다.

"스로우가 떠난 것 같아요."

그녀의 목소리는 가라앉아 있었다. 타렌만큼이나 스로우를 믿었다.

물론, 타렌처럼 스로우도 흔들렸다. 왕궁에 침입할 때 그는 뜻을 함께하지 않았다.

그럼에도 스로우가 살아 있는 이유는 타렌과 달리 비밀을 알지 못하기 때문이었다.

“만약 그가 모든 것을 알게 됐다면…….”

리스네는 쓸쓸하게 웃으며 무덤에 살짝 기댔다.

“그도 죽여야겠죠……?”

무덤에서는 아무런 대답이 들려오지 않았다. 하지만 마치 리스토가 바로 곁에서 비웃는 듯한 착각이 들었다.

“왕을 죽였어요. 그의 가족도 남김없이 죽였어요. 리샤르를 가졌으며… 저는 대공작이 됐어요. 그런데 왜 이렇게…….”

리스네는 입술을 잘근 깨물었다. 그리고 마음속으로 말을 삼켰다.

‘기쁘지 않죠……?’

스으윽.

한참 동안 무덤을 매만지며 침묵을 지키던 리스네가 자리에서 일어섰다.

자신은 앞만 보며 달렸다. 그 무엇도 뒤돌아보지 않았다. 달리기 위해서는 어떠한 짓도 서슴지 않았다.

이때까지 후회한 적 없었다. 간혹 무언가 아려올 때가 있었지만 그때마다 이를 꽉 깨물었다.

그런데 스로우가 떠난 것이라 확신해서일까…….

문득 시드의 말이 떠올랐다.

“무엇이 너의 가면이냐.”

리스네는 천천히 자신의 손바닥을 내려다봤다.

새하얗고 투명할 정도로 예쁜 손. 하지만 그 손은 곧 붉게 물들었다. 핏물을 뚝뚝 떨어뜨리면서…….

"돌이킬 수 없어……."

자신의 손을 바라보며 누구한테 전하는지 알 수 없는 말을 한 리스네는 발길을 돌렸다.

CHAPTER 06
Clown

"괜찮겠어?"

벨트라가 장난기를 지우고 물었다. 시드와 함께 온 스로우 때문이었다.

스로우라고 하면 그 실력으로도 유명하지만, 리스네의 충성스러운 기사라는 사실이 먼저 떠오르는 남자였다.

그렇기에 스로우의 출현을 꺼리는 이들이 꽤 있었다.

특히나 아폴레와 리스네에게 동료를 잃은 프리야 공작의 기사들은 정도가 심했다.

물론, 시드의 판단을 이해해 주는 프리야 공작이 나섰기에 겉으로는 티를 내지 않으려 했지만 속내까지 변화됐는지 알 수 없었다.

"괜찮아요. 그는 믿을 수 있는 사람이에요."

시드는 스로우에 대해 한 치의 의심도 없이 대답했다.

만약 리스네가 모든 사실을 알고 있고, 스로우 자체가 함정이라면… 그날 왕궁에서 빠져나올 수 없었을 것이다.

"뭐, 네가 그렇게 말한다면 그런 거겠지."

"준비는 다 됐어요?"

"그래. 모두들 이곳에 왔어."

현재 바에튼의 저택에는 인원이 또다시 늘어 있었다.

이곳에 몸을 피신시킨 프리야 공작의 신하들, 그들의 가족을 데리고 왔기 때문이었다.

아폴레와 리스네가 언제 그들을 인질로 협박할지 알 수 없었기에 시멘 용병단과 공작의 신하들, 어둠의 달이 수고를 해 준 결과 빠른 시간 안에 가능했다.

"작업은 시작됐나요?"

작업이란 섬을 변화시키는 일이었다.

모두가 살 수 있는 집과 연무장, 욕실 등등… 만들어야 할 것이 한두 개가 아니었다.

또한, 자급자족해서 먹고살 수 있게 농사를 지을 터도 준비해야 했다.

"그래. 빠르게 진행되고 있어. 인원수도 많은 데다가, 마법사들도 있으니."

"예상 기간은요?"

"보름 정도?"

시드는 고개를 끄덕였다.

그 정도 규모에 보름이면 믿기지 않을 정도로 빠른 속도였
다.

마법사들과 마나를 발휘하며 일하는 기사들, 거기에 여러
가지 마법 물품들이 힘을 합치기에 가능한 일이었다.

"그렇군요. 알겠습니다."

시드는 그 말과 함께 식사를 하고 있던 벨트라를 남겨두고
자리에서 일어섰다.

밥을 먹을 때는 조를 나눠 워프 게이트를 통해 바에튼의 저
택으로 넘어와서 먹고, 다시 돌아갔는데, 시드는 곧바로 게이
트가 아닌 에스의 방으로 찾아갔다.

그녀는 아직 몸이 완벽하게 회복되지 않아 저택에서 휴식을
취하고 있었다.

철컥.

"누구… 너구나."

"……."

시드는 가자미눈이 되어 에스를 쳐다봤다.

기껏 걱정해서 왔더니 대놓고 실망하는 표정과 말투!

"죄송하네요. 공작님이 아니라서."

"알면 됐다."

'뭐, 저런!'

하루, 이틀 겪는 성격이 아니지만 프리야 공작의 등장과 함
께 변화가 있었던 그녀였기에 내심 기대를 했건만… 역시 프

리야 공작이 있지 않으면 똑같았다.

"몸은 괜찮니."

"네? 저야 언제나 팔팔하죠."

"벨케에게 맞았을 땐 그리 보이지 않던데."

'아셨구나……'

역시 벨케와 오랜 시간을 함께해서인지 그녀는 알아차리고 있었다.

"잘했다."

문득 에스가 따스한 미소를 지으며 말했다.

그 표정이 프리야 공작을 제외하고는 쉽게 나오지 않는단 사실을 잘 아는 시드는 무슨 얘기인지를 알아차리며 살짝 고개를 숙였다.

아직도 미안한 마음이 남아 있었다.

"너의 마음도 괴로웠겠지."

시드는 천천히 고개를 저었다.

그래. 자신의 마음도 불편했다. 악역을 자처한다는 것은 언제나 괴로웠다. 하나… 프리야 공작의 무너진 심정에 비하면 아무것도 아니었다.

"그도 알고 있을 거야. 네가 왜 그렇게 잔인했었는지……. 나와 같은 마음일 거야."

시드는 천천히 고개를 끄덕였다.

일부러 리스네에게 잔인한 대답을 유도했다. 그렇지 않으면 프리야 공작이 계속 흔들릴지도 모른다는 판단이었기에.

내심 걱정했다. 자신이 원망받는 것은 괜찮지만… 혹시나 프리야 공작이 너무 큰 상처를 받지 않았을까 하는.

그런데 오기 전 프리야 공작은 되레 자신을 위로해 줬다.

그날의 얘기를 꺼내며 자신은 괜찮다고. 오히려 그런 역할을 맡게 해서 미안하다고…….

"그런데 수련은 어때? 벨케의 방식을 따르기로 했다는 것 같은데 거기에 대해선 둘 다 얘기를 하지 않으니."

"아하하……."

시드는 애써 웃음을 흘리며 에스의 눈빛을 피했다.

그리고 벨케와 프리야 공작의 수련에 대해 떠올렸다. 깊은 한숨을 내쉬며.

프리야 공작은 벨케의 지도를 받기로 결심하고 그를 찾았다.

같은 마탈 급이 마탈 급에게 한 수 가르쳐 달라는 경우는 거의 존재하지 않았지만, 프리야 공작은 그런 것들을 따지는 남자가 아니었다.

또한, 왕궁에서의 일 이후 강해지고 싶은 마음이 간절해졌다.

지금보다 더욱 나아갈 수 있다면 그 누구라 할지라도 상관없었다.

그런 프리야 공작의 진심을 벨케는 받아들였다.

그와 함께 죽음의 수련은 시작됐다.

프리야 공작은 수련을 시작한 지 채 한 시간도 지나지 않아 느낄 수 있었다. 이토록 무식한 단련을 할 줄이야!

육체에 제약을 건 다음 하루 종일 몸을 굴렀다.

그뿐 아니라 실전 감각을 위한다는 핑계로 구타도 끊이지를 않았다!

맞붙자니 몸에 제약을 건 상태라 상대도 되지 않았고 말이다.

프리야 공작은 시드에게 물었다. 정말 이게 수련이 맞냐고!

그러자 시드는 진지한 얼굴로 대답했다. 처음에는 같은 생각이었지만 시간이 지나니 확실하게 변화를 느낄 수 있다고.

시드로서는 그렇게 당하는 프리야 공작의 모습이 신선해서 나름 과장을 한 것이었지만, 효과는 분명 있었다.

그로 인해 프리야 공작은 자신의 의심을 자책했다.

시드가 저리 말한다면 분명 헛된 수련은 아닐 것이다. 시드뿐 아니라 모두가 받았다고 하지 않는가!

순진한 프리야 공작은 걸려들고 말았다.

'말할 수가 없겠지…….'

만약 에스가 알게 된다면 벨케를 죽이려 할 것이다.

그 사실을 잘 알기에 벨케는 프리야 공작이 밥을 먹으러 갈 때나, 에스가 간혹 찾아올 시엔 프리야 공작을 완벽히 치료했다.

또한, 그 누구든 에스한테 알리지 못하도록 협박도 빼먹지 않고 말이다.

일명 완벽 범죄!

"뭔가 있군?"

뭔가 수상함을 느낀 에스가 눈을 부라리자 시드는 다급히 고개를 저었다.

알려지면 안 된다. 벨케한테도 고생하겠지만, 지금까지 침묵했다는 이유로 에스까지도 괴롭힐 테니깐 말이다!

"그, 그럴 리가요! 벨케님의 친절한 지도로 인해 프리야 공작님은 나날이 강해지고 계십니다!"

시드는 최대한 태연히 말했다.

비록 시선을 못 마주치고, 이마에서는 식은땀이 맺혀 흘렀으며, 경련을 일으키는 어색한 웃음을 지었지만 시드 나름대로는 만족스러웠다.

하나 에스는 아니었나 보다. 코앞까지 얼굴을 들이대며 살기를 풍기는 것을 보니.

"사실대로 말하면 너만은 살려주지……."

"……."

그 시각 프리야 공작은 신나게 두들겨 맞고 있었다.

퍼억! 콰직!

"절대 너희들의 꼴 보기 싫었던 염장을 마음에 담아뒀다가 이러는 게 아냐!"

'그러는 거 맞구만!'

곳곳에 멍이 든 프리야 공작이 어이없어 하든 말든 벨케는 마음이 안 좋지만 어쩔 수 없이 하는 것이라며 열심히 주먹을 움직였다.

그런 벨케의 입가에는 환한 미소가 걸려 있었다.

속이 시원했다! 그동안 헛구역질이 나와도 에스 때문에 아무 말도 못했었는데… 제발로 먹이가 가르쳐 달라며 안길 줄이야!

에스가 완벽하게 회복되기까지는 이제 일주일 정도 남았다.

그동안 후회없이 두들겨 패주리라!

와당탕!

"아직 쓰러지면 안 되지. 명성이 자자한 프리야가 고작 이 정도였나."

프리야가 충격을 이기지 못하고 넘어지자 벨케는 실실 약올리며 그를 도발했다. 그런데 낮과는 달리 프리야가 일어서지 않았다.

그와 함께 등 뒤에서 느껴지는 낯익고 진득한 살기!

벨케의 이마에서 땀이 송글송글 맺혔다.

"좋은 훈련이군……."

차갑게 내려앉은 에스의 목소리.

벨케는 힘겹게 여유로운 표정을 유지하며 그녀를 돌아봤다. 그리고 배신자가 누군지 알아냈다.

에스의 곁에서 먼 하늘을 바라보고 있는 시드!

그러나 지금 시급한 불은 에스였다. 벨케는 훗날을 기약하며 시드를 한 번 노려본 뒤, 프리야 공작에게 도움의 눈빛을 보냈다.

"에스……. 나는 괜찮소."

벨케의 간절함이 통한 것일까. 아니면 프리야 공작의 워낙 고운 심성이 그를 감싸주고 싶었던 것일까.

프리야 공작은 따스하게 웃으며 자리에서 일어섰다.

그와 함께 에스의 손을 꼭 잡고 재차 말했다.

"비록 우리 염장질이 꼴 보기 싫다며 유독 나만 심하게 두들겨 패긴 했지만… 힘없는 내가 이해해야 하지 않겠소?"

"……"

뒤끝있는 프리야 공작이었다.

스로우는 흐르는 땀을 찬물로 씻은 후, 모래사장에 앉아 파도를 바라봤다.

그 역시 느끼고 있었다. 따뜻하게 대해주는 이들도 많았지만, 은근히 거리감을 두는 이들도 있다는 사실을.

하나, 이곳에 오기 전 시드에게 미리 프리야 공작과 그의 신하들이 머무르고 있다는 얘기를 전해 들었고, 이 부분에 대해서도 시드가 미리 말했었다.

어린 나이였지만 상황을 미리 예측하고 걱정해 주는 마음 씀씀이가 느껴졌었다.

그로 인해서인지 스로우 역시 별로 신경 쓰이지 않았다.

그들의 오해는 언젠가는 풀릴 테고, 모두가 그런 것은 아니니깐 말이다. 그리고 올 때부터 이미 각오한 일이었다.

"이제 슬슬 쌀쌀하구나."

가을이 찾아오고 있는 시점, 밤이 깊은 시간에는 차가움이
느껴졌다.

"잘 지내실까……."

스로우는 모래사장에 누우며 허공에 떠 있는 달을 바라봤
다.

새하얀 달처럼 순수하고 맑았던 리스네가 스쳐 보였다. 진
실은 그 무엇보다 어두웠지만 오랜 시간 스로우의 기억에 각
인된 리스네는 그러했다.

'제가 잘하고 있는 것입니까.'

스로우는 이 세상에 존재하지 않는 리스토를 향해 물었다.

그는 모든 것을 알고 있었다. 한데 왜 아무에게도 알려주지
않은 것일까? 이방인인 시드한테는 경고까지 했으면서…….

어쩌면 들었는데도 자신들이 이해하지 못한 것일 수도 있겠
지만.

'언젠가는 부딪치겠지…….'

스로우는 아직 확신을 내리지는 못했다. 그 확신이란 리스
네와 싸우는 것이었다.

시드를 돕기로 결정했지만 아폴레와는 대적할 수 있어도 리
스네와는 망설어졌다.

하지만 시드의 목표는 리스네다. 그리고 그 순간이 온다면
자신 역시 결단을 내려야 한다.

방관자로 남을지, 아니면 이때까지 충성을 맹세한 리스네에
게 검을 들이댈지…….

그 어떤 결정도 쉽지 않으리라.

"스로우님."

"시드님이… 컥!"

시드의 목소리에 고개를 돌리던 스로우는 저도 모르게 신음을 흘리며 흠칫했다.

말투가 조금 이상하다고 느껴졌었는데, 바로 곁에 앉은 시드의 얼굴은 엉망진창이었다.

마치, 벌 떼 수십 마리에게 공격을 당한 듯 퉁퉁 부은 얼굴!

"도대체 왜……."

"벨케님에게 맞았습니다."

"아… 일단 치료를 받으셔야겠습니다."

스로우의 걱정에 시드는 애써 웃으며 고개를 저었다.

시드는 나름의 괜찮다는 표현이었지만, 저 얼굴에 미소란 보는 입장에선 공포였다.

"치료받고 온 것입니다. 벨케님이 마나를 실어 때리면 쉽게 치료가 안 되더군요."

이전에 두들겨 맞은 경험이 있는 시드이기에 잘 알았다.

"그분은 조심해야겠군요."

스로우는 아직 벨케의 수련을 받지 않았다.

수련보다는 이곳에 적응하는 게 우선이었고, 내일부터는 독단적으로 시작할 계획이었다. 그도 아니면 시드와 함께 의논해서 나아가던가.

원래는 벨케의 놀라운 무력에 그한테 한 수 배우고 싶다는 욕심이 생겼으나, 프리야 공작의 수련을 본 뒤 마음을 접었다.

저건 수련을 빙자한 학대였다!

"혹시 시드님도 벨케님의 수련을……."

"프리야 공작님은 많이 편해진 것이죠……."

시드는 먼바다를 쳐다보며 회상하듯 중얼거렸다.

당시 자신들이 받았던 훈련은 지금보다 과하면 과했지 부족하지 않았다.

또한, 에스로 인해 프리야 공작은 이제 구타도 당하지 않을 것이다!

'내가 두들겨 맞겠지…….'

앞날을 생각하자 파도처럼 밀려오는 서글픔!

자신이 왜 이런 동네북이 되어 살아야 하는 것인가! 에스도 그렇다! 알려줘서 프리야 공작을 구했으면 도와줘야지!

그리 두들겨 맞는데도 프리야 공작만 챙겨서 돌아가다니!

"많이 힘드셨군요."

스로우의 진심이 담긴 발언에 시드는 고개를 세차게 끄덕였다. 문득 스로우는 그런 시드의 모습이 귀엽게 느껴졌다.

처음 만났을 때는 모두를 압도하는 마탈 급이었다.

5년 뒤, 재회했을 때도 라탈 급의 실력으로 자신과 대등하게 맞선 그였다.

그런데 이곳에서의 시드는 마치 어린아이와 같은 모습이었다. 그리고 그 모습이 오히려 보기 좋았다.

"저희에게 펼쳐진 길은 변하지 않습니다. 괜찮으십니까?"

파도 소리에 귀를 기울이던 시드가 바다에서 시선을 떼지 않은 채 말했다.

그 질문의 의미를 알아차린 스로우는 잠시 침묵을 지키며 시드처럼 먼 곳을 바라봤다.

리스네… 리스네… 리스네…….

"피가 흐르겠죠."

"안 그러면 저희가 죽으니깐요."

시드는 숨기지 않으며 솔직하게 얘기했다.

자비를 베풀 수 있는 적이 있고, 그래서는 안 될 적이 있었다. 리스네는 후자였다.

위험한 여자다. 만약 살려두었다가는… 언제 비수를 갖고 찾아올지 모른다.

또한, 살려주기에는 너무나 많은 죄를 저질렀다.

"시드님을 돕겠습니다. 단, 그 부분에 관해서는 아직 결심이 서지 않았습니다. 죄송합니다."

"그러시군요."

시드는 웃는 얼굴로 고개를 저으며 괜찮다는 뜻을 표했다.

아무리 돌아섰다 할지라도 오랜 시간 함께한 사이였다. 쉽지 않은 결정이리라 추측했다.

더군다나 리스네에게 유독 약하고, 충성을 맹세했던 스로우가 아니던가.

"이제 돌아갈까요?"

먼저 자리에서 일어선 시드가 손을 내밀었다.

앞으로는 하루하루가 바쁘고 고될 것이다. 스로우 역시 내일부터는 적극적으로 수련을 해야 할 테고 말이다.

오늘은 이만 쉬는 것이 좋았다.

그러자 스로우는 망설이지 않고 시드의 손을 잡고 몸을 일으켰다.

마주 잡은 두 손은 따스했다.

보름의 시간은 빠르게 지나갔다.

시간의 변화에 맞춰 황폐했던 섬은 놀랍도록 새로운 모습을 갖추게 됐다.

개당 100명이 거주할 수 있는 커다란 숙소가 두 개나 지어졌으며, 섬 중앙에는 적지 않은 규모의 회의실도 마련됐다.

또한 그 주위로는 가족들이 살 수 있는 집도 여럿 존재했고, 밭과 우물 등등, 생계를 위해 필요한 모든 것이 준비됐다.

그뿐 아니라 화원들도 만들어졌으며, 마법으로 성장을 촉진시킨 각양각종의 나무들도 화려하게 자신의 자태를 뽐냈다.

시드는 그 광경을 지켜보며 마법에 재차 감탄을 금치 못했다.

마법사들의 역할과 마법 물품들의 놀라운 성능!

'어떤 면에서는 과학도 마법을 따라갈 수 없겠어.'

시드는 진심으로 여러 방면에서 활용되는 마법의 성능에 재차 탄성을 흘리며 걸음을 옮겼다.

회의실에서 모두가 모이기로 한 탓이었다.

“오빠!”

30명 이상이 들어갈 수 있을 정도의 규모로 만들어진 회의실 입구에 도착하자 메리아가 손을 흔들었다.

“히유, 히유!”

그 곁에 있던 샤인은 벌떡 일어나서 달려와 품에 안겼다.

“안 들어가고 기다렸어?”

“응. 오빠랑 같이 가려고. 여기 예쁘지?”

“그래. 잘 만들었네.”

시드는 메리아의 눈이 이끄는 곳으로 시선을 돌리며 고개를 끄덕였다.

사실 보름 동안 시드는 제대로 일을 도와주지 못하고 수련에만 몰두했기에 완성된 모습을 처음 보는 것이었다.

섬 중앙에 위치한 회의실은 그 근방이 유독 아름다웠다.

에스가 회의실을 만들 때, 앞으로 단체를 이끌기 위한 리더들을 위한 공간이라고 알려줬기에 더욱더 신경을 쓴 것이었다.

물론, 회의실뿐 아니라 그 외 건물의 근방이나 섬 자체도 흠잡을 데가 없었다.

앞으로 자신들의 터전이 될 곳이라 그런지 모두가 게으름을 피우지 않고 열정적으로 아이디어를 짜내며 일한 결과였다.

“어이, 시드 왔냐?”

“시드, 어서 와.”

“어서 오게.”

안으로 들어서자 마법으로 인한 적절한 시원함이 느껴졌고 향긋한 꽃 내음이 코를 자극했다.

"네. 늦어서 죄송합니다."

먼저 도착해 있던 벨케와 에스, 프리야 공작에게 고개를 숙인 시드는 거대한 고목나무 탁자 양옆에 위치한 의자 중 하나를 빼려고 했다.

그러자 서 있던 에스가 고개를 저으며 시드에게 눈짓으로 어딘가를 지목했다.

"에에?"

시드는 의도를 쉽사리 파악하지 못하며 그녀를 바라봤다.

회의실에 모이는 것은 처음이기에 자리는 정해져 있지 않았다. 하나… 에스가 지목한 곳은 가장 상석이었다.

"제가 왜……."

시드가 의아함을 감추지 못하며 물었지만, 프리야 공작이 웃는 얼굴로 고개를 끄덕였다.

결국 시드는 어쩔 수 없이 상석에 가서 자리에 앉았다.

그런 시드의 곁으로 메리아와 샤인이 오려고 했지만 에스가 저지했으며, 그녀들은 불만 가득한 얼굴로 벨케의 옆에 나란히 착석했다.

"늦었습니다!"

마지막으로 벨트라가 도착하자 에스는 프리야 공작의 옆자리에 앉았고, 벨트라는 입술이 뾰족 솟아오른 메리아와 샤인의 곁에 자리를 잡았다.

그리고 에스는 오늘 모인 이유를 설명했다.

"아, 좀 쉬자."

벨케가 내린 반복 수련을 하고 있던 트라이가 혀를 길게 내민 채 해변가에 쓰러지듯 누웠다.

모래사장에서 쉬지 않고 달리며 단검을 움직였더니, 온몸에 경련이 일어날 듯했다.

"그런데 무슨 얘기를 하는 거지? 흐웅……."

"그러게요. 궁금하네요."

갑작스런 호출을 받은 벨트라를 떠올리며 스피네가 중얼거리자 옆에서 마나를 끌어올려 활에 집중하는 훈련을 하던 스크푸가 동의했다.

"그런데 아이니와 배커스는?"

"아이니는 학살을 하고 있지."

스피네가 웃음을 터뜨리며 말했다.

첫날부터 사람들을 놀라게 했던 아이니의 요리.

현재 섬에는 당연히 요리실도 존재했는데, 문제는 아이니가 정령술을 연습할 때를 제외하고는 아예 식당에 머무르고 있다는 사실이었다.

그렇다고 아이니를 빼달라고 부탁할 수도 없었다. 벨케가 그녀의 요리를 좋아하기 때문이었다.

그로 인해 최대한 조심히 아이니의 요리를 제외하며 먹으려 노력했지만, 매 식사나 간식 때마다 희생자는 나왔고, 아이니는 은연중에 학살자라 불리고 있었다.

"배커스 아저씨는 어디있는지 모르겠네요."

스크푸가 어깨를 으쓱하며 대답했다.

그러고 보니 아침 식사 후, 배커스의 모습이 보이지 않았다.

그 시각, 배커스는 반대편 해변가에서 나무 뒤에 몸을 숨긴 채 한 여자를 바라보고 있었다.

며칠 전이었다. 우연히 숲 안에서 그녀와 마주쳤다.

매일 혹시 모를 안전을 위해 남자들이 돌아가며 숲을 순찰했다. 그날의 당번은 배커스였고, 그녀는 과일이나 약초가 있지 않을까 하는 생각에서 숲에 들어온 것이었다.

갑작스럽게 마주친 둘. 여자는 당연히 놀라며 소리를 질렀다.

배커스의 외형이 워낙 험악스러웠기 때문이다.

그러자 배커스는 너무나 당황해서 그녀를 달래려고 했다.

말이 거의 없는 그가 놀라 어버버버, 하며 말까지 더듬으면서 말이다.

그제야 여자는 갑자기 나타난 이가 배커스라는 사실을 알게 됐고, 그의 귀여운 모습에 환한 웃음을 터뜨렸다.

화르륵!

배커스의 얼굴이 급속도로 붉어졌다.

험악한 외형과 달리 하염없이 순진하고 여린 마음을 가진 그는 알 수 없는 부끄러움을 느꼈다.

또한, 가슴이 빨리 뛰기 시작했다.

어깨까지 오는 갈색 머리카락이 잘 어울리는 20대 중반의
여자가 자신의 옆자리를 툭툭 치며 눈짓했다.

그녀 역시 배커스에 관한 소문을 여러 개 들은 적 있었다.

그 내용은 대부분 생긴 것은 오우거 같지만 너무나 착하다
는 얘기들이었다.

"저는 아프라고 해요."

"배, 배커스입니다."

아프가 갈색빛 손을 내밀자 배커스는 다급히 자신의 손을
옷에 문지른 다음 마주 잡았다.

찌릿, 찌릿!

그 순간 배커스는 온몸에 무언가가 흐르는 듯한 착각을 느
꼈다.

그리고 밝은 성격인 아프의 주도로 둘은 오랫동안 여러 가
지 대화를 나눴다.

주로 아프가 얘기를 하고, 배커스가 듣는 편이었다.

그 후, 며칠 동안 배커스는 아프를 찾아다니며 그녀를 만날
때 우연을 가장한 채 인사를 건넸다.

그러면 아프 역시 그런 배커스한테 반가움을 감추지 않으며
수다를 떨었다.

오늘 역시 아침 밥을 먹고 나오다 아프를 발견한 배커스는
여기까지 따라온 것이었다.

"응? 배커스 오빠!"

즐겁게 놀고 있는 아프와 그녀의 친구들을 바라보며 인사를

할까, 말까 망설이다가 결국 친구들로 인해 돌아서기로 한 그
때였다.

무심결에 고개를 돌렸던 아프가 배커스를 발견하고 손을 번
쩍 들더니 달려와 그의 손을 붙잡았다.

"뭐 하고 있었어? 왔으면 말을 해야지!"

아프는 배커스의 숫기없는 성격을 나무라며 그를 이끌고 해
변가로 움직였다. 하나, 그때 발이 꼬이며 몸이 휘청거렸다.

동시에 그녀의 연약한 손에 이끌려 가던 배커스가 덩치와는
달리 빠른 움직임으로 순식간에 그녀의 앞으로 이동했다.

그리고 그녀를 자신의 넓은 품에 안으며 모래사장에 엉덩방
아를 찍었다.

"괜찮아?"

"으응……"

배커스는 다급히 그녀에게 묻다가, 그녀의 붉어진 얼굴을
보고 서둘러 품에서 내려놓았다.

아프가 다칠까 봐 한 행동이었지만 너무나 밀착했던 탓이
다.

"미, 미안해."

배커스는 고개를 돌린 채 다급히 그녀에게 사과를 했다. 왜
사과를 하는지 모르겠지만… 사과를 해야만 될 것 같았다.

"괜찮아, 바보야……."

그런 배커스의 손을 꼭 잡으며 말하는 아프.

두근두근.

둘은 잠시 동안 아무런 말을 하지 않고 서로를 힐끔거렸다.
변함없이 손을 부여잡은 채……

"그래서 마스터를 결정하자는 것이지."
에스의 말이 끝났다. 시드는 동감하며 그녀의 말을 되새겼다.
규모가 커졌기에 모두를 통솔할 수 있는 규칙이 필요하다는 것과 직위가 있어야 한다는 뜻이었다.
더불어 에스는 전체적인 전력 강화에 대한 얘기를 꺼냈었다.
현재 섬에는 시멘 용병단과 프리야 공작과 그의 신하들, 시드, 벨케 등등 여러 가지 자신만의 비전이 따로따로 전파되고 있다.
거기다 블스의 검은 달 역시 조만간 합류가 되기로 얘기가 된 상황이었다.
그것을 통합하자는 얘기였다.
성질이 다르기에 하나로 묶을 수는 없으나, 모두가 자신에게 맞는, 혹은 자신이 원하는 것을 배울 수 있도록 말이다.
모두는 만장일치했다.
단, 직속 후계자가 아니기에 모든 것을 알려줄 수는 없으나, 일부를 공개하겠다는 제한 안에서 말이다.
사실 그 정도만 해도 큰 것이었다.
시드의 호흡법은 대륙 그 어디에도 뒤지지 않으며, 벨케와 프리야 공작의 검술 일부만 해도 최고의 스승을 만난 것과 다름없으니.

또한, 시드 역시 그리폰의 검술을 제외하고는 급에 맞춰 조절을 한 다음 알려줄 생각이었다.

'내 돈, 내 돈……'

이 모든 것은 돈 주고 팔 경우 꽤 짭짤한 금액이 모일 것이었다.

한데 공짜로 퍼줘야 한다는 사실! 시드로서는 생으로 살이 찢겨지는 고통!

그렇지만 시드는 스스로를 대인배라 생각하며 먼 미래를 봤다.

강해져야 했다. 자신은 물론, 이 섬에 있는 모두가 말이다.

그래야 아폴레, 리스네와 대적이 가능했다. 즉, 투자였다!

비록 지금은 가슴이 찢어지지만 말이다.

"반대 없지?"

"좋은데요."

시드는 흡족한 표정이 됐다.

단체를 이끌기 위해서는 실력만 필요한 것이 아니다. 자금도 존재해야 했으며, 에스처럼 상황을 냉철하게 파악할 이도 필요했다.

"블스님도 같은 의견이래요."

현재 시드는 자리에 없는 블스를 위해 그와 마법 통신을 연결한 상태였다.

그 역시 앞으로의 일정에 중요한 인물이었으니.

"자, 이제 마스터를 추천해 봐."

시드는 진지한 눈빛으로 주위를 한 번 살폈다.

마스터란 직책은 절대 가벼운 것이 아니었다. 맡는다고 해서 기쁘지만은 않은 자리. 그만큼 어깨가 무거워지니깐 말이다.

그의 결정 하나에 단체는 급속도로 성장할 수 있으나, 폐망할 수도 있었다.

처음 시드의 시선이 닿은 곳은 벨케였다. 하지만 곧 고개를 저었다.

실력만으로 따지면 당연히 벨케가 모두의 위에 서야 했다.

그러나 벨케의 성격상 마스터 자리는 어울리지 않았다. 또한 그 역시 받아들일 리가 없고 말이다.

마지막으로 유일하게 폭군이 될 확률이 존재하는 인물이었다!

'절대 안 돼!'

벨케에게 맞은 기억이 스쳐 지나가자 시드는 파르르, 치를 떨었다.

'공작님이 가장 낫겠어.'

이제 남은 이들은 둘이었다.

벨트라는 애초에 제외할 수밖에 없었다. 성품은 좋지만 실력에서 많이 뒤처졌으며, 뛰어난 사람들이 있으니 말이다.

그 둘이란 바로 프리야 공작과 블스였다.

프리야 공작은 말할 필요도 없고, 블스 역시 검은 달이라는 최강의 살수 집단의 마스터다.

그중에서 시드의 선택은 다름 아닌 프리야 공작이었다.

현재 상황과 여러 면에서 봤을 때 그가 가장 적합했다.

“저는 프리야…….”

“시드가 좋겠어.”

“나도 그렇게 생각하네.”

“하하, 저도 시드를 생각했는데.”

“…….”

말을 꺼내던 시드는 몸이 굳은 채 두 눈을 크게 떴다.

벨케가 말문을 트자 프리야 공작, 벨트라까지 단숨에 자신을 지목했다.

“나도 시드면 찬성이지.”

그뿐 아니라 얘기를 듣던 블스의 말과 함께 시드는 어색한 웃음을 흘렸다.

자신보다 더 강한 존재들이 많았다. 경험이나 판단, 모두 뛰어났다.

나이 역시 가장 어리지 않은가.

그런 자기가 어찌 저들을 뒤로하고 마스터라니? 받아들이기 힘들었다.

“우리 오빠, 멋지다…….”

“히유, 히유!”

시드로 인해 회의실에 올 수 있었던 메리아와 샤인이 기뻐했다.

특히 메리아는 시드가 자랑스러워 눈물이 맺힐 정도였다.

고아원 시절부터 지금까지 언제나 당당하고 선두에 서던 시드였지만 이토록 대단한 인물들이 많은 곳에서도 그 빛을 발하다니.

역시 자신이 좋아하는 남자이며, 자신의 하나밖에 없는 오빠였다.

"자, 잠시만요."

시드는 고개를 저으며 자리에서 일어나 에스를 쳐다봤다. 어떻게 좀 해달라는 눈빛이었다.

그러나 에스의 미소를 본 시드는 길게 한숨을 내쉬었다.

분명 상석에 앉게 한 건 에스였다. 그녀는 이미 자신을 마스터로 지목할 계획이었던 것이다.

"이유라도 알 수 있을까요?"

모두가 하나 되어 자신을 추천했고, 억지를 부릴 수 있는 상대들도 아니었다.

"가능성."

벨케는 짧게 말했다.

"가능성이요?"

"그렇다네. 시드, 자네는 우리를 넘어설 거야."

프리야 공작이 벨케와 눈을 마주치며 말했다. 벨케의 얼굴에는 불만스러움이 가득했다.

즉, 그 누구도 자신을 넘어서지 못한다! 이지만 에스의 차가운 눈빛에 언제 그랬냐는 듯 고개를 끄덕였다.

"10세의 마탈 급 소년. 그리고 모든 힘을 잃고 15세의 라탈 급. 그 누구도 해낼 수 없는 일을 자네는 해냈지 않은가."

"하지만……."

프리야 공작의 말이 틀리지는 않았다.

그렇지만 마탈 급이 될 수 있었던 것은 그리폰의 마나 덕분이었다.

"아니네. 가장 중요한 건 따로 있지. 이곳에 모인 모두의 중심은 자네야."

"……."

"마지막으로 난 자네가 좋네."

프리야 공작의 따스한 시선이 시드에게 머물렀다.

어린 나이에 맞지 않게 판단력이 뛰어나며 추진력도 좋았다. 그뿐 아니라 타고난 재능에 노력과 집념까지 갖추고 있었다.

난세가 영웅을 만들어낸다는 말도 있듯, 시련까지 갖춰져 있었다.

또한, 동료를 차별하지 않고 아낄 줄도 알았다.

그렇기에 시드가 마스터에 가장 적합하다고 프리야 공작은 확신했다.

"좋아. 이제 우리의 마스터가 결정됐군. 앞으로 잘 부탁하지, 마스터."

에스의 그 말과 함께 장난스러운 표정을 지으며 살짝 머리를 숙였다.

섬에 존재하는 모든 사람들이 마을에 모였다.

그 수가 합쳐지자 적지 않은 규모가 되었다. 그들은 이곳에 오게 된 이유를 궁금해했다.

시드가 가장 높은 곳에 서 있었으며, 그 곁에 벨케와 에스, 프리야 공작, 스로우가 함께하고 있었다.

원래 스로우는 호출을 받았지만 자신이 감히 나설 자리가 아닌 듯하다며 오지 않았었다.

하나, 시드의 설득으로 인해 그의 곁에 서 있게 됐다.

더불어 벨트라는 자신은 시드의 곁에 서 있을 위치가 아니라며 동료들이 있는 곳으로 내려간 상황이었다.

곧 프리야 공작이 앞으로 나서서 회의실에서 결정된 사항을 전달했다.

처음에는 납득하지 못하는 이들도 분명 존재했다.

프리야 공작의 신하들은 당연히 그가 마스터가 되어야 한다고 믿었기 때문이다.

그는 리샤르의 공작 중 한 명이었으며, 마탈 급의 실력자로 명성이 자자했다.

한데… 벨케도 아닌 시드가 마스터라니, 그들로서는 쉽사리 납득할 수 없었다.

그 점을 예측이라도 한 듯 프리야 공작은 시드가 왜 마스터가 될 수밖에 없는지에 대해서 알려줬다.

그리고 가장 먼저 시드에게 한쪽 무릎을 꿇으며, 그 스스로 충성을 맹세하자 그의 신하들은 프리야 공작의 결정을 따를 수밖에 없었다.
　곧 모두가 하나 되어 시드에게 한쪽 무릎을 꿇었다.
　그 누구도 알지 못하는 새로운 단체의 결성!
　그 단체의 명칭은 광대라는 뜻의 크라운이었다.

CHAPTER 07
왕의 꽃

The Seed
시드

"하아, 피곤하다."

오늘 하루는 특별히 축제를 보내는 것이 어떠냐는 에스의 제안에 시드는 동의했다.

그로 인해 섬의 모두는 수련도 그만둔 채, 각자 즐거운 시간을 보냈고, 그 속에서 시드는 모두와 얼굴을 익힌다고 진땀을 흘렸다.

하루 종일 수련을 하는 것도 힘들지만, 역시 쉬운 일은 존재하지 않았다.

"그런데 왜 광대야?"

어느덧 해가 저물자 시드는 자신의 숙소로 돌아와 있었는데, 메리아와 샤인, 시멘 용병단, 우드가 함께 따라 들어왔다.

그중 메리아가 궁금증을 감추지 못하며 물었다.

"글쎄."

시드는 실소를 흘리며 머리를 긁적였다.

연설을 하기 전 명칭이 있어야 하지 않겠냐는 에스의 얘기에 떠오른 단어를 말했을 뿐이었다.

사실 특별한 의미는 존재하지 않았지만, 전생에서 그런 생각을 한 적이 있었다.

사람들은 단지 하늘에 의해 점찍어진 광대가 아닐까……. 정해진 운명을 벗어나기 위해 춤추는 광대들.

문득 지금의 상황과 비슷하다고 느껴졌다.

"단지 마음에 들어서."

"피이. 그게 뭐야. 그래도 오빠가 좋다면 나도 좋아. 히히."

메리아가 시드의 품에 안기며 머리를 비볐다.

"그런데 나 꼭 가디언 해야 되냐……."

우울한 얼굴의 우드가 슬픈 눈동자로 물었다.

가디언이란 시드의 곁을 따라다니며 지켜주는 역할이었으며, 크라운 쉐도우란 명칭을 가졌다.

그렇게 보면 오히려 좋은 직책이었다. 그만큼 실력을 인정받았다는 뜻이니.

하나, 우드는 특별히 줄 자리가 없었고 시드가 감시를 하기 위해 붙였다.

크라운 쉐도우는 총 넷이었는데, 남은 세 명이 벨케와 라인, 샤인이었다.

어디에 속하기보다는 자유롭게 움직이는 걸 좋아하고, 실력이 있는 이들로 구성한 것이다.

우드에게 문제는 다름 아닌 벨케였다.

앞으로 잘 부탁한다라는 말을 들었을 때 내색은 하지 않았지만 얼마나 절망을 느꼈던가!

그는 크라운에서도 가장 짓궂으면서도 무서운 존재였다.

한데 가디언이란 이유로 같은 방까지 배정받았다!

앞으로 어떤 삶이 펼쳐질지는 뻔한 일. 차라리 시드와 함께 자는 게 행복할 정도!

라인과 샤인은 여자들이기에 당연히 방을 따로 쓸 수밖에 없었다.

“제발… 나 좀 빼주라. 마스터.”

정식으로 발표가 있은 후, 시드를 향한 호칭은 누구라 할지라도 마스터라 불렀다.

시드는 물론, 가까운 이들 모두가 어색했지만 앞으로를 위해 솔선수범을 보였고, 벨케조차도 마찬가지였다.

물론, 우드는 낯간지럽다며 튕겼지만 시드와 에스의 살기를 온몸으로 받자 마스터의 발음조차 신경 썼다.

“이미 정해진 일이라 어쩔 수가 없어. 나는 힘이 없거든.”

시드는 농담처럼 애기를 했지만 사실이었다.

단지 시드에서 마스터가 된 것뿐이며, 앞으로 크라운의 핵심이란 뜻이지. 한 나라의 왕처럼 자신 마음대로 할 순 없었다.

그랬다가는 벨케와 에스한테 살해당할 것이다!

"마스터, 궁수 부대는……."

"아. 깜빡했네요. 지금은 몇 없지만 검은 달에 활을 쏘는 분들이 계신다고 하더군요. 그들도 조만간 합류할 것입니다."

시드가 스크푸에게 깜빡 잊었던 얘기를 전해줬다.

궁수 부대가 생겼는데 몇 명 없어서 걱정을 했었나 보다.

현재 크라운에는 여러 분류로 나눠서 부대가 만들어졌다. 그들은 각기 성격과 실력, 스타일을 나눠 각 부대로 보내졌으며 편성됐는데, 활을 쏘는 이는 몇 없었다.

프리야 공작과 함께 움직였던 기사들은 대부분 검이나 창을 썼었고, 저택에 남아 있던 신하들에서도 활을 전문적으로 다루는 이는 부족했다.

그로 인해 현재 궁수 부대가 가장 인원이 적지만, 블스의 얘기로는 검은 달에 라탈 급의 궁수도 있다 하니, 앞으로 전력이 보강될 터였다.

또한 수는 적어도 마법 부대와 함께 가장 강력한 위력을 선보일 부대이기도 하고 말이다.

나눠진 부대는 총 다섯 부대였다.

에스가 부대장을 하게 된 마법 부대가 첫 번째였다.

그녀는 원하지 않았지만 프리야 공작의 부탁으로 승낙하게 됐다.

스피네, 메리아 역시 마법 부대에 속하게 됐으며, 정령술을 혼자 사용하는 아이니도 자진해서 이곳에 몸을 담았다.

다른 부대와 비교했을 때 마법 부대가 그나마 가깝기에.

마법 부대의 현재 인원은 총 12명이었다.

그다음은 스로우가 맡은 돌격 부대였다.

배커스가 속해 있으며, 가장 위험을 많이 떠안게 될 부대였는데, 스로우가 자처해서 부단장을 맡게 됐다.

창을 쓰는 기사들이 대부분 포진됐으며 인원은 20명이었다.

더불어 창을 쓰는 이들 중 실력이 뛰어난 이를 뽑아 스로우의 역할을 나눴다.

실질적인 부단장은 스로우이나, 돌격 부대이자 창술 부대란 점으로 인해 부단장이 두 명인 경우였다.

세 번째는 프리야 공작의 수호 부대였다.

벨트라가 속하게 된 이곳은 25명이라는 가장 많은 인원이 모여 있고, 대부분 검을 사용했다.

네 번째는 아직 부대장이 정해지지 않은 궁수 부대였다.

현재 인원은 7명이지만 검은 달이 합류하면 10명 이상으로 늘어날 것이라 추측됐다.

부대장 역시 검은 달의 라탈 급 실력자에게 넘겨줄 생각이었다.

다섯 번째는 블스가 부대장을 맡을 살수 부대였다.

말 그대로 그들은 기습이나, 암살에 특화된 이들로 대부분 검은 달의 살수들로 이루어질 것이며, 인원은 블스의 얘기에 의하면 25명 정도였다.

단검을 쓰는 트라이가 이곳에 속하게 됐다.

그리고 살수 부대는 현재 가장 막강한 전력을 갖춘 부대이기도 했다. 인원수도 앞서는 편이지만 실력자들도 다수였기에.

'시작은 미약하다.'

크라운이란 단체를 결성하고 다섯 부대로 나누었지만 아직 그 수는 리샤르에 비하면 터무니없는 수준이었다.

전력만 따진다면 검은 달이 붕괴되기 직전보다도 오히려 못한 숫자였다.

하나, 시드는 미약함이 장대함으로 변하리라 확신했다.

모두가 약하다면 모르겠지만, 마탈 급의 존재만 해도 셋이나 됐다.

한 왕국에서도 셋 이상의 마탈 급을 보유하고 있는 경우는 드물었다.

아니, 소수 전력으로 따지자면 오히려 그 어떤 왕국보다도 강력했다.

그들이 돕고, 모두가 하나 되어 노력한다면… 분명 시간이 일정 지난다면 규모는 크지 않으나 감히 왕국조차도 무시하지 못할 크라운이 될 터였다.

그때까지 아폴레와 리스네에게 정체가 발각되지 않은 채, 성장해야 했다.

'많은 게 필요하겠군.'

아폴레와 리스네가 무서운 건 그들과 이세스, 카란의 힘, 셀 수 없는 인원뿐만이 아니었다.

그들은 플루닉도 적지 않게 보유하고 있으며, 무엇보다 자금력이 대단했다.

하지만 크라운에게는 그 부분이 심각하게 부족했다.

'에스님과 상의를 해봐야지.'

혼자서 고민해서는 답이 나오지 않기에 시드는 머리를 저으며 생각에서 빠져나왔다.

그러자 바로 가까이에 얼굴을 들이대고 있던 메리아가 보였다.

놀고는 싶은데, 생각을 방해하고 싶지 않아서 계속 기다렸던 것이다.

"오빠, 이제 말 걸어도 돼?"

유일하게 마스터라 부르지 않아도 괜찮은 사람이 있다면 바로 메리아였다.

샤인도 마찬가지겠지만 그녀는 아직 말을 제대로 하지 못하니.

"응. 기다렸지? 미안."

시드는 메리아의 머리카락을 쓰다듬어 줬다. 그러자 메리아 역시 시드의 머리카락을 만졌다.

시드가 걱정이 많아 보였기에 그녀 나름의 위로였다.

시드는 쑥스럽지만 평온을 느끼며 환하게 웃었다.

"다녀올게."

스로우는 자신의 아내에게 얘기를 한 뒤, 집을 나섰다.

부대에 속한 이들은 대부분 숙소를 배정받았고, 스로우는 집이 주어졌다.

그가 시드와 함께 이곳에 올 때 가족과 함께 왔기 때문이었다.

만약 놔두고 왔다면 리스네가 절대 가만두지 않을 테니깐.

"다녀오세요."

따스하게 웃어주는 아내한테 스로우는 고마움을 느끼며 돌아섰다.

그녀로서는 쉽지 않은 결정이었을 것이다. 갑자기 남편이 모든 것을 다 버리고 떠나자고 했으니.

하나, 아무런 망설임 없이 순순히 따라줬다. 15살이 된 딸아이 역시 마찬가지였다.

아직까지도 그녀는 스로우에게 왜 오게 됐는지 이유를 묻지 않았다.

자신의 남편이 내린 결정을 믿으며 존중하기 때문이고, 그가 언젠가는 먼저 말해주리라 확신하기에.

"스로우 부대장님, 안녕하세요!"

"그래요."

집을 나서자 지나가던 기사들이 고개를 숙여 인사했다.

처음에는 거부감을 느끼던 이들도 적지 않았지만 시간이 지나고 함께 땀을 흘리자 자연스럽게 그런 부분이 사라지기 시작했다.

또한, 이제는 모두가 섬에 오기 전 직책을 버렸다.

프리야 공작 역시 이제 더 이상은 공작이 아닌 부대장이었다. 그의 신하들은 여전히 프리야 공작을 우선적으로 따랐지만, 다른 부대장들도 존중하기 시작했다.

"어디로 갈까."

스로우는 얼른 수련을 하고 싶은 열정을 느꼈다.

하루 동안 모두가 편히 휴식을 취하며 즐기고 있지만, 스로우는 그럴 수 없었다.

상상을 초월하는 강자인 벨케.

존재 자체만으로도 절로 고개를 숙이게 만드는 프리야 공작.

그 한계가 어디인지를 알 수 없는 시드.

그 외에도 마녀이지만 마탈 급이라고 들은 적이 있는 에스와 라탈 급의 실력을 가진 초인족 샤인과 라인.

마지막으로 아직 뛰어난 실력은 아니나 오로라인 우드까지.

이 작은 세계에 너무나 대단한 실력자들이 많았다. 그들과 어깨를 나란히 견주고 싶었다.

기사로서의 승부욕과 강해지고 싶은 욕망, 강자를 향한 동경이 피어오른 것이다.

또한, 앞으로는 그들의 검술을 배울 수도 있게 됐다.

일부이겠지만 그것만 해도 어디인가.

벨케와 프리야 공작, 시드…….

그 셋 중 한 명에게서만 가르침을 받아도 기사로서 축복이나 다름없는데, 한 명도 아닌 셋 모두라니!

들떠서 도저히 잠들 수가 없었다.

그래서 홀로 조용히 쉬지 않고 몸을 움직이고 싶었다. 한데, 혼자서 집중할 만한 곳이 많지 않았다.

숙소에 위치한 연무장은 분명 사람들이 있을 것이다. 모두가 아직까지 놀고 있지는 않을 테니.

터벅터벅.

결국 스로우는 인적이 드문 곳을 찾아 걸어갔다.

"좋군."

파도 소리가 귀를 울리는 해변.

아무도 없는 것을 확인한 스로우는 흐뭇해하며 검을 뽑았다.

하지만 그와 함께 들리는 발소리와 목소리.

"배커스……."

"아프, 여긴 아무도 어, 없는… 헉!"

사람들의 눈을 피해 둘만의 시간을 가지려 해변가를 찾은 배커스는 모래사장에 서 있는 스로우를 발견했다.

스로우는 실소를 흘리며 그들에게 살짝 고개를 끄덕인 뒤, 자리를 옮겼다.

그러고 보니 얼핏 들은 듯했다. 배커스에게 연인이 생겼다는 말을.

"이번에는 없겠지."

어느 정도 거리를 떨어뜨린 다음 스로우는 재차 주변의 인기척을 감지하며 중얼거렸다.

아무도 없었다. 이제는 정말 맘 편히 수련을 할 수 있으리라.

"타하압!"

달빛 아래서 스로우가 막 검을 꺼내며 기합을 넣던 그 순간이었다.

촤아악!

"……."

거대한 괴 생명체가 물속에서 모습을 드러내더니 서서히 다가왔다. 입 안 가득 무엇을 담고 있는지 볼이 부풀어 올랐다.

바로 오로라의 모습으로 돌아간 우드였다.

촤르륵!

우드는 스로우의 앞에 도달하더니 입을 쩍 벌렸다.

그러자 각종 물고기들이 침 범벅이 되어 모래사장에 떨어졌다.

"스로우인가?"

시드로 인해 안면을 익힌 우드가 말을 꺼내며 사람의 모습으로 변했다.

"줄까?"

"전 됐습니다."

스로우는 고개를 저으며 거절했다.

지금은 배가 고프지 않았다. 단지 수련을 하고 싶을 뿐이었다. 더군다나 입에서 뱉은 걸 정면으로 보지 않았던가!

"타아앗!"

지글지글.

"하아압!"

냠냠, 쩝쩝.

스로우는 이마에 핏줄이 돋는 것을 느꼈지만 애써 참으며 우드를 쳐다봤다.

하필이면 왜 바로 곁에서 마나를 이용해 물고기를 굽고 먹는단 말인가!

"그럼 마저 드세요. 저는 이만……."

그 말과 함께 스로우는 다른 곳을 찾아 움직였다.

아무래도 해변 쪽은 아닌 듯하고… 결국 그는 숲속으로 들어갔다.

설마 이 시간엔 아무도 없겠지. 아니, 혹시 있다 할지라도 자신과 마주칠 확률은 대단히 낮았다!

"자아, 이제 본격적으로 해볼까!"

커다란 바위를 등지고 선 스로우는 힘차게 외치며 검을 꺼내 들고 크게 소리쳤다.

그리고 스로우는 느낄 수 있었다. 바위 뒤편에서 퍼져 나오는 살기를…….

바위 뒤에서 모습을 드러낸 이는 벨케였다.

"네놈이 나의 잠을 깨웠군……."

"……."

조용히 수련을 하고 싶었던 스로우, 구타로 인해 이틀 동안 수련 못하다.

*　　　*　　　*

　"모셔왔습니다."
　거대한 문이 열리며 리스네의 목소리가 들리자 아폴레는 감고 있던 두 눈을 살짝 떴다.
　그러자 리스네와 카란 곁에 서 있는 한 남자가 보였다.
　190이 될 법한 큰 키에 건장한 체격. 거친 느낌이 풀풀 풍기는 짧고 붉은 머리카락의 남자.
　그는 아카리의 사자라 불리며 공작의 자리에 있는 웨이토였다.
　"앉으시게."
　아폴레는 리스네에게 눈짓을 보내며 웨이토에게 말했다.
　그러자 리스네와 카란은 말없이 문을 열고 접대실을 빠져나갔고, 단둘이 되자 둘의 강렬한 눈빛이 허공에서 부딪쳤다.
　아카리의 공작인 그가 이곳에 찾아온 것은 놀랍지 않았다.
　왜냐하면 아폴레의 취임식으로 인해 크고 작은 여러 왕국의 귀족들이 리샤르를 찾아온 상태이기 때문이다.
　하지만 찾아온 시간이 단지 인사차 들린 것이 아니라는 사실을 알려줬다.
　"이 야심한 시간에 무슨 일인가?"
　아폴레는 웨이토에게서 시선을 떼지 않으며 물었다.

그와 아폴레는 몇 번 만난 적이 있는 사이였다. 당연히 타 왕국의 공작들이고, 둘 다 성격이 불같기에 그리 가까운 관계는 아니었다.

그렇다고 원수라 부를 만한 사이도 아니지만 말이다.

"여왕 폐하의 승전을 축하드리기 위함입니다."

"그래?"

되묻는 것 같지만 아폴레의 어투는 믿지 못하겠다는 뜻이었다.

하나 웨이토는 여전히 얼굴에 웃음을 머금은 채 표정 변화가 없었다.

마음속에서는 불같이 타올랐지만 연기 정도는 얼마든지 해줄 수 있었다.

예전에는 같은 공작이었다 하더라도 지금은 한 나라의 왕이었다. 또한, 손을 내밀기 위해 온 것은 아카리였다.

아카리는 리샤르의 왕권 변화가 기회라고 생각했다.

지금까지 유지되던 4대 왕국의 평화를 무너뜨리고, 아카리가 더욱더 큰 도약을 할 수 있는.

"먼저 이것을……."

웨이토는 마법 주머니에서 금빛으로 이뤄진 꽤 큰 상자를 내밀었다.

아폴레는 변함없이 웨이토에게서 시선을 떼지 않으며 상자를 열었다.

바라보지 않아도 무언가 빛이 난다는 사실을 느낄 수 있었다. 그제야 흥미를 느낀 아폴레가 고개를 살짝 숙였다.

예상처럼 보석들로 가득 찬 상자였다.

하지만 평범한 것들이 아니었다. 아폴레조차 쉽게 보기 힘든, 진귀하고도 귀한 녀석들도 적지 않게 있었다.

"잊지 않겠다고 전해 드리게."

아폴레는 보석 상자를 닫으며 조금 전보다 온화해진 목소리로 애기했다.

그런 아폴레의 모습에 웨이토는 냉소를 띠었지만 그녀가 보석에서 시선을 떼는 순간, 어느새 지워져 있었다.

"알겠습니다. 여왕 폐하."

폐하라는 호칭은 타 왕국의 왕에게는 거의 쓰지 않았다. 웨이토 역시 아카리의 왕을 제외하고는 처음 쓰는 것이었다.

"오호호. 그래. 이제 말하게나."

아폴레가 눈웃음을 치며 손짓했다.

다 알고 있으니 더 이상 숨기지 말라는 뜻이었다.

웨이토는 그 의미를 알아차리며 살짝 고개를 한 번 숙인 뒤, 자신이 찾아오게 된 목적을 애기하기 시작했다.

애기가 진행될수록 아폴레의 입꼬리는 점점 더 올라갔다.

*　　　*　　　*

번쩍! 차아악!

시드의 검에서 발출된 마나가 바다를 일직선으로 갈랐다.

투툭.

파도가 높이 솟구쳐서 떨어졌는데, 마치 비가 내리는 듯한 착각을 일으켰다. 떨어지는 바닷물을 맞던 시드는 해변과 물의 경계선에 주저앉았다.

바닷물이 밀려올 때마다 엉덩이와 발, 다리가 차가워졌다.

'언제쯤 다시 돌아갈 수 있을까.'

시드는 마법 주머니에서 한 권의 책자를 꺼냈다.

그리폰이 남겨준 것 중 아직 배우지 못한 한 기사의 검술이었다.

내용은 알고 있었다. 쉬지 않고 몇 번이나 읽고, 또 읽었으니 말이다. 한데, 익힐 수가 없었다.

과거 마탈 급일 때는 마지막으로 익히려고 놔뒀었는데, 그 힘을 잃게 될 것이라고 상상도 못했으니.

아직 익히지 못한 검술은 유일하게 마탈 급이 되어야 배울 수 있는 것이었다.

그래서 그리폰조차 쓰지 못했었다.

'조바심인가…… 불필요한.'

시드는 쓰게 웃었다. 마스터란 자리가 부담스러운 건지도 몰랐다.

"하아……."

"무슨 한숨을 그렇게 쉬세요?"

"어?"

고개를 들며 깊게 숨을 내쉬던 시드는 갑자기 들리는 목소리에 고개를 돌렸다.

그곳에는 허리까지 기른 긴 머리카락을 바람에 살랑거리며 눈웃음을 치고 있는 시란이 서 있었다.

"곁에 앉아도 될까요?"

"물론이죠."

시드는 저도 모르게 옆의 자리를 손으로 털다가 모래사장이라는 것을 깨닫고 머쓱하게 머리를 긁적였다.

모래를 털어봤자 모래인데, 바보 같은 행동이었다.

"고민이 있으세요?"

"아니요."

시드는 고개를 저었다. 고민…… 어쩌면 고민이라 할 수 있지만, 마음먹기에 달린 일이었다.

"매번 그렇게 혼자 쌓아두면 탈나요."

자신보다 한참 어린 시드이지만 변함없이 존댓말을 쓰며 시란이 환하게 웃었다. 그러면서 속으로는 시드를 걱정하고 있었다.

그의 과거사를 모두 알고 있는 것은 아니지만 알고 있는 것만 해도 감당하기 힘든 일들이었다.

한데 한 번도 시드가 누구한테 기대거나, 자신의 짐을 덜려고 하는 것을 본 적이 없었다.

"요즘 수고가 많으시죠?"

자신의 얘기가 하고 싶지 않아서인지 시드가 말을 돌리자 시란은 알면서도 모르는 척 따라가 줬다.

“아니에요. 제가 좋아서 하는 일인 걸요.”

시란은 워프 게이트가 열린 이후, 주로 섬에서 지냈다.

함께 일을 도왔고, 어린아이들을 보살펴 주기도 하면서 말이다.

그리고 앞으로도 한동안 이곳에서 머물며 요리도 하고, 아이들을 챙겨줄 계획이었다.

“시란씨는 참 좋은 분이세요.”

시드는 그동안 시란을 봐오면서 느낀 점을 솔직하게 말했다.

보통 장로 즉, 공작 급의 손녀이면 편하게만 커왔기 때문에 스스로 고생을 하지 않으려고 한다.

또한, 자신이 그 작위를 가진 것처럼 뻣뻣하게 구는 경우가 많았다.

그보다 낮은 귀족의 자녀들에서도 쉽게 찾을 수 있는 광경이었다.

하지만 시란은 배려심이 깊었고, 자신이 아닌 남을 위해 먼저 생각하고 움직였다.

더러운 것이 묻어도 개의치 않으며, 무엇을 하든 최선을 다했다.

물론 귀족들 중에서도 이런 사람들이 존재하기는 하나, 흔하지 않았다.

“아, 아니에요.”

시란은 얼굴을 붉히며 고개를 저었다.

좋은 사람이라는 말은 사실 종종 들었다. 하지만 시드가 얘기하니 왠지 모를 부끄러움에 숨이 막힐 지경이었다.

"맞아요. 그러고 보니 제 주위에는 참 좋은 사람들이 많은 것 같아요. 저는 그렇지 못하는데……."

시드는 씁쓸한 얼굴로 중얼거렸다.

자신은 돈만 밝히고 아무것도 주지 못했는데… 세상을 떠난 그리폰과 카네를 비롯해 모두는 언제나 주기만 한다.

"시란님……?"

시드는 깜짝 놀라며 그녀를 바라봤다.

갑자기 시란이 곁에서 안아줬기 때문이었다.

"예쁘다……. 토닥, 토닥. 좋죠? 제가 울거나, 속상해할 때 어머니가 해주셨어요. 지금… 시드님에게 필요한 것 같아서요."

시드는 잠시 침묵을 지켰다.

아름다운 여인의 품에 안겼는데 떨리거나 부끄럽지 않았다. 단지, 편안했다. 좋았다.

"잠시만… 부탁할게요."

"네……."

시란의 품에 안긴 시드는 달콤한 향기를 느끼며 두 눈을 감았다.

찌리릿.

'뭐지…….'

아침까지 수련을 마치고 돌아온 시드는 자신의 방문을 열었다가 깜짝 놀랐다.

언제부터 기다렸는지 알 수 없지만 메리아가 침대에 앉아 빤히 바라보고 있었다.

그것도 대단히 기분 나쁘다는 눈빛으로.

'내가 뭐 잘못한 거 있나?'

시드는 어색하게 웃으며 메리아에게 다가갔다. 그러면서 빠르게 머릿속을 굴렸다. 하지만 아무리 생각해도 메리아를 화나게 한 일이 없었다.

"메리……."

휙!

"……."

가까이 다가가 머리카락을 만져 주려던 시드는 돌처럼 굳어 버렸다.

메리아가 자신의 손길을 피해 벌떡 일어서더니 나가 버린 것이다! 마지막으로 한 번 더 째려보는 것도 잊지 않은 채!

쾅!

그뿐 아니라 문을 부수도록 닫아주면서 자신의 기분을 알려 주는 센스!

"도대체 뭐야?"

시드는 자리에 앉으며 양손으로 머리를 감싸 안았다.

저토록 화가 났다면 분명 큰 실수를 한 것 같은데… 분명 아무 일도 없…….

‘혹시⋯⋯.’

그제야 밤늦은 시간에 시란과의 일을 떠올렸지만, 시드는 곧 고개를 저었다.

분명히 메리아가 잠든 것을 확인하고 나와서 수련을 했고, 시란과 만났지 않았던가. 자고 있는 메리아가 봤을 리가 없었다.

‘에잇!’

결국 시드는 직접 부딪치기로 결심하며 메리아가 묵고 있는 숙소로 찾아갔다.

현재 메리아는 라인, 샤인과 같은 방을 쓰고 있었다.

“응? 왜 그래?”

방문 앞에 도달해 노크를 하던 시드는 움직임을 멈춘 채 귀를 기울였다. 라인의 걱정스러운 목소리가 들린 탓이다.

“메리아⋯⋯?”

잠에서 깨어난 라인은 메리아의 눈이 빨갛게 충혈된 것을 확인하고 놀라서 다가갔다.

어제저녁에 잘 놀다가 잠들었는데 왜 아침부터 울고 있다는 말인가?

“시드 오빠가⋯ 시드 오빠가⋯⋯.”

“마스터가?”

라인은 고개를 갸웃거렸다.

메리아가 이럴 정도면 분명 큰일인 듯한데⋯ 혹시 시드에게 무슨 일이 생긴 것이 아닌지 걱정이 들었다.

“무슨 일 있어?”

“시드 오빠가…….”

“그래, 마스터가!”

라인은 침을 꿀꺽 삼켰다. 곧 메리아의 외침이 들렸다.

“바람폈어!!”

휘청!

전혀 다른 쪽으로 판단하던 라인의 신형이 비틀거렸다. 그건 비단 라인뿐만이 아니었다.

방문 앞에서 몰래 듣고 있던 시드 역시 순간적으로 다리에 힘이 풀리고 말았다.

“바, 바람이라니?”

“그게 있지…….”

잠이 들었던 메리아는 뒤척이다가 깨고 말았다.

그런 메리아가 일어나 향한 곳은 다름 아닌 시드의 방이었다. 오랜만에 시드와 함께 자고 싶었기 때문에.

그런데 방에 들어가니 시드가 없었고, 메리아는 시드를 찾아다녔다. 그러다 해변가에 있는 것을 봤다는 한 기사의 말에 달려갔는데…….

하필이면 도착한 순간에 안고 있는 시드와 시란을 본 것이었다.

“나도 크라운 쉐도우가 되고 싶었는데… 나도 오빠 안아줄 수 있는데…….”

‘그랬던 거군…….’

시드는 쓰게 웃으며 자신의 방으로 돌아가 침대에 앉았다.

그러고 보니 샤인보고 부럽다고 하던 메리아의 모습이 스쳐 지나갔다.

그때는 왜 그런지 몰랐었는데, 자신을 곁에서 지켜주는 크라운 쉐도우가 되지 못했던 탓이었다.

분명 그로 인해 속상하기도 했을 테고, 자신의 마법 실력에 자책도 했을 것이다. 그럼에도 티를 안 내고 있었는데…….

'그 모습을 봤으니.'

밤새도록 혼자 많이 울었을 것이다.

'좋아…….'

무언가 큰 결심을 한 시드는 주먹을 불끈 쥐더니 마법 주머니를 꺼냈다.

그리고 재차 깊은숨을 내쉰 다음 주머니 안에 천천히 손을 집어넣어 무언가를 꺼냈다.

부들부들!

시드의 손이 수전증에 걸린 것처럼 심하게 떨리기 시작했다. 아까워할 때 나타나는 시드의 대표 증상!

그 뒤, 밖으로 나가 인사를 받는 둥 마는 둥하며 다급히 달려 어딘가로 향했다.

그런 시드가 돌아온 것은 30분 정도가 지나서였다.

똑똑.

"누구세요?"

노크 소리와 함께 메리아를 달래고 있던 라인은 몸을 일으켜 문을 열었다. 그리고 환하게 웃으며 메리아를 불렀다.

"왜에……."

이제는 눈이 퉁퉁 부어 거의 떠지지도 않아 눈만 보면 몬스터인 메리아가 힘겹게 일어서며 투덜거렸다.

하나 라인은 아무 대답도 하지 않은 채 손짓했고, 메리아는 문 앞에 놓여 있는 것을 발견하며, 재차 눈물을 터뜨렸다.

그곳에는 상급의 마나 스톤 두 개와 평소 메리아가 이 섬에서 좋아하던 꽃이 한가득 놓여 있었다.

시드의 메리아는 웃는 게 가장 예뻐라는 편지와 함께…….

"오랜만이군."

스피네와 함께 리샤르 왕국을 찾은 벨트라는 흐뭇한 얼굴로 정겨운 입구를 잠시 바라봤다.

그곳은 바로 바실의 고아원 입구였다.

시드가 얘기를 꺼냈었다. 바실을 섬에 데리고 오는 게 어떻겠냐고…….

얘기를 듣자 시멘 용병단은 모두 찬성을 했고, 대표로 둘이 오늘 찾아오게 된 것이다.

고아원 안으로 들어서자 아이들과 놀고 있는 바실이 보였다.

"여어, 할배. 잘 지냈어?"

"오랜만이야."

"아니… 자네들."

바실은 벨트라와 스피네를 발견하고 반가움과 놀람이 뒤섞인 표정을 지으며 말했다.

"하하. 나야 잘 지내지. 들어오게. 애들아, 할아버지는 잠시 손님과 애기를 나누고 오마."

바실은 친할아버지처럼 자상한 어투로 아이들에게 애기를 한 후, 안으로 들어갔다.

"그런 일들이 있었군……."

김이 피어오르는 뜨거운 차를 마시며 그동안 있었던 일들에 대해 애기를 듣던 바실의 표정이 시시각각 변했다.

"그래. 시드는 이제 우리들의 마스터가 됐어. 우리가 뭐야, 프리야 공작도 시드를 마스터라 하는걸."

"그게 정말인가?"

처음 듣는 애기에 바실은 깜짝 놀랐다.

프리야 공작에 관한 소문은 대단히 많았다.

그날 이후 모습을 드러내지 않기에 죽었다는 설도 있을 정도였다.

물론, 얼마 전 왕궁을 찾아왔다는 애기도 흘렀지만, 신빙성은 존재하지 않았었다. 하나 벨트라로 인해 알게 됐다.

프리야 공작이 왕궁에 다시 나타났다는 소문이 진짜라는 것을.

그리고… 그 위대한 남자가 시드를 마스터로 삼을 줄이야. 거기다가 벨케라는 남자는 프리야 공작보다 더 뛰어난 실력자라 하지 않았던가!

“그 아이라면… 이해가 돼.”

충격적일 정도의 얘기이지만 바실은 금세 그들이 왜 시드를 마스터로 선택했는지 알 수 있을 것 같았다.

시멘 용병단이 시드를 위해 목숨을 건 선택을 한 것도 같은 이유일 것이다.

‘훌륭하게 살아가고 있구나.’

바실의 입가에 부드러운 미소가 그려졌다.

범상치 않은 길을 갈 것이라 생각했지만 이 정도일 줄은 미처 파악하지 못했다.

자신은 오히려 시드를 과소평가하고 있었는지도 모른다.

“같이 가자.”

“응? 자네, 뭐라고 했나?”

30여 분 동안 서로의 얘기들을 주고받던 그때, 벨트라가 진지한 얼굴로 물었다.

바실은 그의 표정에서 장난이 아니란 사실을 깨달으며 되물었다.

“시드가 그러더군. 함께 지내는 게 어떨까 하고. 다만, 위험할 수도 있어 염려하더군.”

“그랬나.”

바실은 시드를 떠올렸다. 안 본 지 꽤 오랜 시간이 흘렀다.

그날 왕성에 찾아왔을 때도 긴장으로 인해 시드는 바실한테 미리 들리지 못했었다.

“미안하네만… 나는 이곳이 좋네.”

"할배."

벨트라가 아쉽다는 듯 자신을 부르자 바실은 고개를 저었다.

자신 역시 시드와 메리아가 보고 싶었다. 또한, 시멘 용병단과도 같이 지내고 싶고 말이다.

그건 아이들도 마찬가지일 것이다.

아직도 간혹 둘이 잘 지내냐고, 언제 오냐고 물어보기도 하기에.

하지만 시드의 걱정처럼 위험의 여지가 존재했다.

만약 혼자라면 위험하다 할지라도 망설이지 않았겠지만 문제는 아이들이었다.

"나는 아이들을 지켜야 할 의무가 있지 않은가."

"하긴, 조금이라도 위험의 가능성이 있다면 자네는 어쩔 수 없겠지."

"미안하네."

"미안하기는. 대신 가끔 놀러오라고. 하루 정도는 큰 애들한테 맡겨도 되잖아."

"허헐. 알겠네."

안 그래도 여유가 되면 한번 찾아가 시드와 메리아를 만나보고 싶었다. 정황상 시드가 찾아오기란 부담이 큰 듯하니.

"조만간 연락하겠네."

"잘 지내라고, 할배."

"다음에 또 봐."

주물주물!

"허헐, 손버릇 여전하구만."

스피네가 엉덩이를 주물렀지만 바실은 익숙한 듯 태연하게 대처하며 손을 흔들었다.

곧 벨트라와 스피네의 모습이 시야에서 벗어나자 바실은 그제야 몸을 돌렸는데…….

쿨럭쿨럭!

현기증과 함께 세차게 기침을 한 바실은 씁쓸한 눈빛으로 자신의 손바닥을 펼쳐 봤다.

그런 바실의 손바닥에는 붉은 피가 묻어 있었다.

*　　　*　　　*

"꽃이 보고 싶어."

"네?"

현왕을 오랫동안 보필해 온 시종장은 갑작스런 그의 말에 자신도 모르게 반문했다.

"그때… 그 꽃이 보고 싶군."

"그 꽃이라면……."

시종장은 조심스럽게 물었다. 자신이 떠올린 것과 같은 걸 뜻하는지 확인하기 위함이었다.

"기억나는가? 자네와 내가 눈을 떼지 못했던 그 꽃 말이네."

"아아……. 네. 기억납니다."

시종장은 다급히 고개를 끄덕였다.

"그래. 그 꽃이 보고 싶네, 내가 죽기 전에……. 무리한 부탁인 겐가?"

"그런 말씀이 어디 있습니까! 염려 마십시오. 꼭 구해오도록 하겠습니다."

시종장은 약해진 그의 모습에 슬픔을 애써 참으며 자신만만하게 대답했다.

그리고 그가 잠이 들자 그의 침실을 빠져나가 4대 장로에게 와주기를 요청했다.

일개 시종장이 장로를 오라 가라 할 수 없지만, 현왕의 오른팔이나 다름없는 그였기에 장로들은 이의를 제기하지 않았다.

아니, 하고 싶어도 할 수가 없었다.

이빨 빠진 호랑이라 할지라도 아직 현왕이 살아 있었고 그의 입김은 영향을 미치니 말이다.

물론, 현왕이 죽음을 맞이하는 순간 끝날 권력이지만.

"폐하께서… 꽃을 찾으십니다."

"무슨 소리인가?"

거대한 탁자를 중앙에 두고 자리에 착석한 장로들 중 베부드가 물었다.

죽음을 앞둔 인간이 뜬금없이 꽃이라니?

"그게… 과거 한 꽃을 보게 됐습니다. 그런데 어디에서도 볼 수 없었던 것이며, 화려하고 아름다웠고, 고귀했습니다. 향기조차 매혹적이었죠."

“그 꽃이 뭔가?”

“모릅니다.”

베부드는 속으로 울컥했지만 애써 참았다. 아직은 화가 나
도 드러내서는 안 됐다.

“어디에 있는지도 모르오?”

“네. 알 수 없습니다.”

바에튼의 질문에 그가 답하자 세 장로의 얼굴이 살짝 일그
러졌지만 아주 잠시였다.

그들로서는 지금 상황이 기가 찼다.

이름도 모르고, 어디에 있는지도 모르는 꽃을 찾아오라는
것 아닌가?

“다만… 그림은 있습니다. 그 꽃이 뇌리에 박혀 있었고, 너
무 아름다워 왕궁에 돌아오자마자 그림으로 그려놨었습니
다.”

“그런 꽃이 있다는 말이오…….”

바에튼은 턱을 매만졌다.

“분명 존재합니다. 폐하와 제가 봤으니 말입니다.”

“그림을 볼 수 있겠소?”

바에튼이 난감한 얼굴로 요청하자 시종장은 고개를 끄덕였
다.

곧, 마법으로 복사된 4장의 그림이 장로들 앞에 놓였다. 액
자에 담겨진 채로.

“으음…….”

“이런 꽃은 처음 보는데…….”

그림을 보게 된 장로들의 얼굴은 더욱 굳어졌다.

혹시나 아는 꽃이지 않을까 하는 기대가 있었는데, 모두가 처음 보는 꽃이었다.

“실제와는 차이가 있을 것입니다. 그 꽃은 그림으로 표현하는데 한계가 존재했으니깐요.”

갈수록 난해했다. 그림과 똑같다 할지라도 찾기란 거의 불가능한데…….

“다만 폐하를 위해서라도 꼭 찾아주셨으면 합니다. 만약 찾으신다면 폐하께서 잊지 않으실 것입니다.”

시종장은 은밀히 유혹을 던지고 자리에서 일어섰다.

그러자 후계자 문제로 인해 촉각이 곤두서 있는 장로들의 얼굴에 순간 욕심이 드러났다.

그의 말처럼 죽음에 이른 그의 유언과 같은 부탁인데 이뤄낸다면 분명 득이 될 터였다.

스르륵.

시종장이 나가고 문이 닫혔다. 그럼에도 장로들은 속에 가득 담긴 불만을 드러내지 않았다.

자신들의 얘기가 전해지고 있을지 모르는 일이었다.

단지 서로를 여러 의미가 담긴 눈빛으로 잠시 바라보다가 일어설 뿐이었는데, 베부드의 날카로운 시선이 바에튼에게 닿았다.

적의를 가득 담은 베부드는 주먹을 불끈 쥐었다.

바에튼을 볼 때마다 그날의 수치가 떠올랐다.

"크흠…….. 먼저 가보겠네."

그 사실을 잘 알고 있는 바에튼은 서둘러 이동 주문서를 꺼냈다.

바에튼은 그날 이후 회의가 끝나면 베부드를 견디지 못하고 달아나듯 황급히 자리를 떴다.

"다음에 또 보도록 하지. 난 잊지 않고 있다네."

웅어리가 담긴 베부드의 말을 한 귀로 흘려 버린 바에튼은 곧 주문서를 찢었고, 그의 신형은 빛무리와 함께 사라졌다.

"쉽지 않겠구나."

"그러게요……."

저택으로 돌아온 베부드는 시란과 함께 사진을 보며 고민에 빠져 있었다.

혹시 그녀가 알지 않을까 하는 기대를 잠시 가졌지만, 시란 역시 처음 보는 꽃이었다.

"일단 최대한 많은 사람들이 볼 수 있도록 하는 게 좋겠어요."

"아무래도 그래야 할 것 같구나."

한둘이 아닌 수십, 수백 명이 본다면 혹시나 꽃을 아는 이가 있을지도 모른다. 하지만 바에튼의 표정은 밝지 않았다.

분명 다른 장로들도 자신과 같은 방법을 쓸 테고, 그들은 보상금까지 걸지도 모르는 일이었다.

그런데 자신은 현재 가지고 있는 재산이 거의 없었다. 벨케를 위해 모두 사용한 탓이었다.

"뭐 하냐?"

그때 벨케가 오징어 다리를 질겅질겅 씹으며 노크도 없이 문을 열고 들어왔다.

익숙한 그의 행동에 바에튼과 시란은 놀라지도 않으며 고개를 돌려 인사를 나눴다.

"그게 뭔데?"

벨케가 그림에 가까이 다가오며 물었다.

"폐하께서 이 꽃이 보고 싶다는데… 이름도 어디에 있는지도 모르니 답답하네."

바에튼은 한숨을 길게 내쉬며 답했다.

그러나 곧 들려온 벨케의 발언에 바에튼과 시란은 동시에 그를 쳐다봤다.

"응? 난 어디에 있는지 아는데?"

CHAPTER 08
마녀의 섬

The Seed
시드

촤아악!

한 척의 배가 빠르게 바다를 건너고 있었다.

무언가 거대한 생물체가 끌고 있는 그 배 안에는 한 청년과 소녀가 앉아 있었다.

시드와 샤인, 그리고 우드였다.

"히유, 히유!"

'도대체 왜……!'

즐거워하는 샤인과 달리 시드는 아직도 얼떨떨한 상태였다.

오랜만에 달콤한 잠에 빠져 있었다. 짧은 시간이지만 숙면을 취하는 중이었다.

그런데 방문이 벌컥 열리더니 벨케가 자신을 깨웠고, 그의 곁에는 바에튼과 시란이 서 있었다.

시드는 무슨 일이냐고 물었다.

벨케라면 몰라도 바에튼과 시란이 찾아올 정도면 무슨 일이 있다는 뜻이었다.

그리고 마르트 왕국의 왕이 보고 싶다고 한 꽃에 대해서 얘기를 전해 듣게 됐다. 다행스럽게도 위치를 안다는 벨케의 말도.

문득 시드는 불안해졌다.

알면 찾으러 가면 된다. 바에튼과 시란은 큰 힘이 없기에 제외하더라도 벨케가 가면 되지 않은가!

한데 자신을 찾아왔다는 것은…….

"갔다 와라."

벨케의 짧은 한마디와 함께 예상은 현실이 됐다.

'왠지 피곤해질 것 같다…….'

시드는 차가운 바람을 맞으며 한숨을 내쉬었다.

배에 오르기 전 대략적인 애기를 들어보니 자신들이 가고 있는 곳은 다름 아닌 마녀의 섬이었다.

마녀가 살고 있다고 알려진 그곳은 기존에 알려진 몬스터들과는 차원이 다른 몬스터들이 존재했으며, 섬 자체에 갖가지 마법이 설치돼 있다고 했다.

그래서 초인 족들도 가기를 꺼려하는 곳이라고.

하지만 벨케는 충분히 마녀를 만나 꽃을 가져올 수 있으리라고 말해줬다.

그 얘기만 믿으면 이번 임무는 쉬울 것 같았으나, 문제는 말을 해준 이가 벨케라는 것이다!

사람 골려 먹기로는 대륙에서 손꼽히는 존재!

'쟤들까지 데리고……'

아무리 가볍게 갔다 올 수 있다 할지라도 크라운의 마스터가 혼자 가면 안 된다는 이유로 쉐도우인 샤인과 우드를 붙여 줬다.

"아직 멀었어?"

현재 우드는 에스의 마법으로 인해 그녀와 시야의 소리를 공유하고 있는 상태였다.

마녀의 섬을 알고 있는 것은 벨케뿐만이 아니었다.

과거에 둘이 함께 마녀의 섬을 찾아간 적이 있었다고 했다.

그로 인해 에스가 길 안내를 하고, 우드는 그녀가 말하는 대로 방향을 바꾸며 배를 이끌고 있었다.

그렇게 두어 시간이 흘렀다.

"다 왔다……."

우드의 거대한 목소리와 함께 시드는 호흡법을 멈추고 천천히 두 눈을 떴다.

샤인은 시드와 같이 호흡법을 하다가 잠들어 있었다.

'저기가……'

시드는 침을 꿀꺽 삼켰다.

으스스한 안개가 껴 있고, 음산한 분위기가 풍기는 기이한 형태의 섬. 중앙에는 무언가가 높이 솟구쳐 있었는데, 목적지

인 마녀의 섬이었다.

"마나포!"

퍼어엉!

"타하아압!"

콰아앙!

우드의 마나포가 먼저 출발하자, 시드는 곧 가장 파괴력이 뛰어난 기술을 시전했다.

마나포가 부딪쳤다. 뒤를 이어 시드의 기운이 재차 충돌했다.

그러자 진입을 막던 투명의 결계가 파괴됐고, 배는 섬 지면에 다가갈 수 있었다.

'마녀의 섬이라고 하더니……'

시드는 입구에서부터 흥미가 돋으며 배에서 내려 주위를 살폈다.

대단히 특이한 섬이었다. 검붉은 돌들이 존재했으며, 모래는 시커멨다.

또한 고요한 정적이 오히려 소름이 돋게 만들었다. 마치 죽음의 땅에 온 듯한 기분이었다.

'저기까지 올라가야 하나.'

시드는 인위적으로 만든 듯한 높이 솟구친 절벽을 확인했다.

마녀가 머물고 있다고 들은 그곳은 대단히 높았지만, 아무런 방해가 없다면 오늘 안에 충분히 도달할 수 있을 것 같았다.

다만 아무런 방해가 없을 리 없다는 게 문제지만.

"일단 가자."

시드가 결정을 내리고 선두에 서자, 샤인과 우드가 양옆에서 그와 함께 걸었다.

샤인은 마치 소풍을 온 듯 즐거워했고, 우드는 긴장을 놓지 않았다.

그 역시 마녀의 섬에 관해서 들은 얘기가 있었다.

언제부터인지는 모르나 이곳에는 사람을 잡아먹는 마녀가 산다고 전해졌다.

그 마녀는 60대의 외형으로 몬스터를 부릴 줄 안다고 했다.

그리고 마녀가 부리는 몬스터들은 대단히 무서운 존재들이었다. 일반 몬스터의 상식을 뛰어넘은 실력!

지능도 있어 군대처럼 움직인다는 설도 있었다.

그런 소문들이 떠돌자 마르트 왕국에서도 관심을 보여 초인족들을 보내게 됐다.

처음에는 만만하게 봤다가 큰 코를 다쳤다. 마녀의 섬을 정복하기 위해 모두가 죽임을 당한 것이었다.

그때서야 마녀와 몬스터 군대에 위험성을 느끼며 더욱 강력한 군대를 파병해 마녀의 섬을 손에 쥐게 됐다.

하나… 마녀는 잡지 못했다.

1, 2년의 시간이 흘렀다. 재차 마녀의 섬이 나타났다.

몸을 피한 마녀가 다른 섬에서 부활을 꿈꾼 것이다.

소문을 들은 마르트 왕국은 재차 군대를 파병했다. 그렇지만 처음보다 더욱 상대하기가 어려워졌다.

한 번 불에 데인 적이 있는 마녀이기에 철저히 준비를 한 탓이었다.

그럼에도 마녀와 몬스터 군대가 마르트 왕국을 이길 수는 없는 법이었다.

결국은 또 마녀의 패배로 돌아갔으며, 마녀는 모습을 감췄다.

그 후, 시간이 지나고 마녀의 섬은 재차 나타났다. 술래잡기와 다를 바 없는 판국이 된 것이다.

그러자 결국 먼저 체념한 것은 마르트 왕국이었다.

마녀가 무슨 목적으로 몬스터 군대를 만들었는지는 모르겠지만, 이때까지 단 한 번도 섬 밖에 나온 적이 없었다.

즉, 기다리다 보면 언젠가는 마녀 스스로 달려들 것이란 판단이었다.

만약 섬에서만 단지 실험을 하며 사는 거라면 죽어라 싸울 필요도 없고 말이다.

그리고 시간은 지금까지 흘러왔다는 소문이었다.

"잠깐."

언제 위협이 닥칠지 모르기에 마나를 발휘하지 않은 채 앞장서서 올라가던 시드가 움직임을 멈췄다.

무언가 이상한 기운이 느껴졌다.

몬스터? 사람? 초인족? 아니었다.

스멀스멀.

"저게 뭔지 아는 사람……?"

셋 중에 사람은 시드밖에 없지만, 시드는 남은 둘을 향해 멍하니 그렇게 물었다.

하나, 샤인은 물론 우드 역시 고개를 저을 뿐이었다.

그만큼 지금 눈앞에 나타나는 현상은 생소한 것이었다.

모래가 바람을 타고 피어오르기 시작했다.

한 알, 두 알, 세 알… 수백, 수천 알……!

모래들은 곧 거대한 사람의 형상을 갖췄다.

크아아악!

그뿐 아니라 괴성까지 지르며 빠른 속도로 일행을 향해 달려들었다.

"한 마리씩."

시드는 그 말과 함께 검을 뽑아 들며 정면에서 달려오는 모래 거인에게 달려들었다.

촤아악!

검으로 베자 모래 파편이 사방으로 흩날렸지만, 시드의 얼굴은 밝아지지 않았다.

'이걸 어떻게 쓰러뜨려야 하는 거지…….'

시드는 난감했다. 아무리 베고 또 베도 다시 원상복귀 된다.

그건 시드뿐 아니라 샤인이나, 우드도 다를 바 없었다.

부수고, 부숴도, 마나포로 전체를 파괴해도 살아나는데 도저히 방법이 존재하지 않았고, 시간이 지날수록 지쳐 가는 건 일행이었다.

"모두 물러서!"

결국 결심을 한 시드는 우드와 샤인을 뒤로 물러나게 했다.

시간을 오래 끌수록 좋지 않았다. 분명 모래 거인들은 시작에 불과할 뿐이었다.

한데 여기서 시간을 모두 쓸 수 없었다. 어느덧 2분이나 힘을 사용한 상태였다.

"하아압……."

시드는 검에 마나를 집중시켰다.

번쩍!

검이 보이지 않을 정도의 빛무리가 형성되며, 강력한 기세가 주위를 감싸 안았다.

그러자 모래 거인들 역시 위기를 느꼈는지 소리를 지르며 달려들었으나, 시드의 움직임이 더 빨랐다.

스파아앗!

시드의 검에서 십자 형태의 마나가 발출됐다.

그 기운은 순식간에 모래 거인 세 마리를 집어삼켰고, 곧 섬에서는 폭발과 함께 빛의 기둥이 형성됐다.

"쿨럭쿨럭! 위험했네."

"히유……!"

어느 정도 거리를 벌렸지만 영향권에 휩쓸린 우드와 샤인이 흙투성이가 되어 투덜거렸다.

그렇지만 시드는 그 둘을 신경 써줄 여력이 없었다.

'틀렸다.'

시드는 입술을 잘근 깨물었다.

마치 물과 싸우는 것처럼 베어서는 아무런 효과가 없었다.

그래서 판단한 게 단번에 우드의 마나포처럼 단번에 흔적없이 만들어내자는 것이었다.

마나포보다 더욱 강력한 위력으로 말이다.

하나, 모래들이 다시 한곳을 향해 모여들기 시작했다.

어이없게도 이번에는 셋이 아닌… 하나로 뭉쳐지고 있었다.

그와 함께 일행에게 어둠이 찾아왔다. 세 배나 거대해진 모래 거인의 그림자였다.

"우드, 돌아가라."

"꼬리 없는데?"

시드는 돌아보지 않은 채 고개를 끄덕였다.

저 정도 크기의 적이라면 사람의 모습보다는 오로라로 돌아가 싸우는 게 더 적합했다.

"알겠다."

우드 역시 상황이 좋지 않다는 사실을 잘 알기에 말꼬리를 잡지 않으며 곧 본신의 모습으로 돌아갔다.

쿠오오!

우드의 괴성이 섬에 울려 퍼졌다.

거인은 갑작스럽게 나타난 거대한 오로라에 뜻밖이라는 듯의 반응을 보였지만 상관없는 듯했다.

쿵! 쿵! 퍼억!

선제공격을 한 것은 모래 거인이었다.

덩치에 맞지 않는 움직임으로 우드에게 달려들어 간 그는 주먹으로 배를 강타했다.

키에엑!

우드는 괴성을 지르며 휘청거렸다. 적지 않은 충격을 받은 것이다.

하지만 괜히 오로라가 아니라는 듯 힘겹게 중심을 잡으며 모래 거인의 목을 갈겼다.

사라락!

모래가 흩어지며 머리가 땅에 떨어졌다.

떨어지는 순간 머리조차 모래가 되었지만, 그 모래들은 다시 몸으로 흡수되더니 새로운 머리가 나타났다.

'약점… 뭘까, 뭐지.'

분명 무언가가 존재할 것이다.

자신이 모르는 모래 괴물을 쓰러뜨릴 수 있는 방법이 말이다.

시드는 우드에게 잠시 맡긴 채 그 약점을 찾기 위해 일부러 전투에 참여하지 않으며 날카롭게 주시하고 있었다.

후으읍!

샤인이 달려들어 모래 거인의 시선을 끌자 우드는 한 걸음 뒤로 물러나 숨을 크게 들이마셨다.

마나포를 발동하기 위함이었다.

준비가 완료됐는지 우드는 샤인에게 신호를 보냈고, 그녀는 다급히 몸을 굴려 마나포의 사정거리에서 빠져나왔다.

파아앗!

우드의 거대한 입에서 마나포가 발사됐다.

하지만 이미 경험이 있고, 자신에게 아무런 영향을 미치지 않는단 사실을 알아서인지 모래 거인은 피하지 않았다.

그로 인해 마나포와 충돌하는 순간, 거인의 몸이 흩날렸는데…… 그때 시드는 찾을 수 있었다.

미세하게 반짝이고 있는 작은 보석을!

'저거다!'

시드는 순간적으로 마나를 폭발시키며 메스토의 스텝을 발휘해 달려들었다.

그런 시드의 검은 손으로 잡기도 힘들 만큼 작은 보석을 향해 정확히 쇄도했다.

'벨케, 벨케, 벨케!!'

시드는 쉬지 않고 달리며 벨케를 부르짖었다!

분명 어렵지 않을 것이라고 했다! 샤인과 우드는 단지 크라운의 마스터를 혼자 두기 뭐해서 따라 보내는 것이라고 했다.

한데… 셋이 전력을 끌어모아도 죽을 맛이었다!

"그 인간은 분명 알고 있었어!"

"동감이다!"

오랜만에 죽이 맞는 시드와 우드!

둘은 공통의 적을 떠올리며 이를 갈다가 뒤를 힐끔 쳐다봤다.

몬스터들이 따라오고 있었다. 놀라운 사실은 모두가 다크 몬스터라는 점이었다.

그것도 한두 마리가 아닌 열 마리!

가장 놀라운 사실은 몬스터 개개인의 실력이 너무나 뛰어났다.

만약 일반적인 다크 몬스터 10마리면 도망칠 이유가 없었다. 샤인과 우드로도 쓰러뜨릴 수 있으니 말이다.

하지만 이곳의 다크 몬스터들은 혼자서 두세 마리를 감당하기도 버거웠다.

시드는 더 상대할 수 있지만 시간의 제한으로 인해 어쩔 수 없이 교전을 피해야 했다.

만약 여기서 저 몬스터들을 다 쓰러뜨리겠다고 힘을 다 쓰거나, 몸에 무리가 생긴다면 그다음은 정말 위험해지니 말이다.

"하아, 하아."

"히유, 히유."

"너는 숨도 히유로 쉬냐……."

"히유?"

혀를 길게 내밀고 쳐다보는 샤인의 모습이 귀여운 시드가 그녀의 머리카락을 쓰다듬어 줬다.

그러자 샤인은 기분이 좋은지 시드의 품에 얼굴을 비벼댔다.

'땀을 닦기 위해서는 아니겠지……'

순수함을 의도하는 타락한 삶!

시드는 자신에게 실소를 흘리며 뒤를 돌아봤다. 다행스럽게도 몬스터들을 겨우 따돌릴 수 있었다.

'한 놈, 한 놈 처치해 주지……'

시드는 잔인하게 웃으며 이를 갈았다.

마음 같아서는 힘이 다 차고, 시간의 여유가 될 때마다 쓸어버리고 싶지만, 아직 이곳에 대해 아무것도 모른다.

마녀의 섬에 관한 소문이나 벨케의 경험담을 들었지만 꽤 오래전의 일이었다.

그리고 벨케의 얘기는 이제 믿지 않았다.

그의 말대로 따지면 자신 혼자서 벌써 그 꽃이 있다는 절벽에 도달해야 했으니!

그렇기에 안전하게 가는 것이 좋았다.

과한 자신감은 스스로뿐 아니라 샤인과 우드조차 위험하게 할 수 있으니.

"시원하겠다."

시드가 몬스터들의 기척을 살피고 있는 동안 우드는 눈앞에 존재하는 작은 폭포에 다가갔다.

바위 사이로 떨어지는 폭포 소리는 듣기만 해도 더위를 식

허줬고, 지친 몸을 씻겨주는 듯한 착각을 불렀다.

사아악!

폭포 아래에 서자 차가운 물이 전신을 때렸다.

그로 인해 열심히 달리면서 달아올랐던 몸의 열기가 수그러들며 기분이 좋아졌다.

"시드, 샤인! 이리 와봐! 마치 물이 전신을 만져 주는 것 같아!"

우드는 진심으로 그리 느끼며 외쳤다.

마녀의 섬이라서 그런지 물조차 의지를 가지고 움직이는 것 같았다.

"이야, 이거 정말 신기하다!"

스으윽.

"와! 물이 손처럼 생겼어! 하하! 하……."

우드의 입가에 서린 웃음이 점점 딱딱해졌다.

그는 보았다, 흘러내려야 할 물이 손의 형상으로 바뀐 것을.

그는 보았다, 시드와 샤인이 점점 자신한테서 멀어지는 것을.

곧 우드의 괴성이 섬 전체에 울려 퍼졌다.

찌릿, 찌릿.

뒤통수가 뜨끔거리자 시드는 인상을 확 쓰며 노려봤다.

그러자 우드는 아무 일도 없다는 듯 딴청을 피우며 고개를 돌렸다.

‘소심한 녀석.’

시드에게 소심하다는 소리를 들으면 정말 소심한 것!

아무리 낮에 모래 거인처럼 물의 괴물한테서 자기를 구해주지 않았다 하지만, 그 모든 것은 우드라면 무사하리라 믿었기 때문이다!

절대 도와주기 귀찮거나, 위험할지도 몰라서가 아니라!

한데 그 일 가지고 계속 투덜대더니 결국 맞았다. 그 후론 저렇게 침묵을 지키며 뒤통수를 노려보기만 했다.

성질 같아서는 또 패고 싶지만 탈선할 확률이 높은 놈이기에 애써 참아줬다.

자신은 인자하니깐 말이다!

“여기서 좀 쉬지.”

시드는 평평한 곳을 찾자 바닥에 앉으며 말했다.

그리고 마법 주머니에서 미리 준비해 온 먹을거리를 꺼내 앞에 풀어놓았다.

자신과는 달리 샤인과 우드는 어둠 속에도 잘 보이는 편이 아니었기에 불을 피울까도 생각했지만 고개를 저었다.

괜히 적들에게 위치를 알려줄 필요가 없었다.

오늘 하루 종일 시달린 것만 해도 충분했다. 이제는 조금이라도 쉬고 싶었다.

“거의 다 왔다.”

시드는 번개 같은 손놀림으로 배를 채우며 중얼거렸다.

하루 종일 움직여 이제야 절벽 근처까지 도달할 수 있었다.

원래라면 이미 절벽 꼭대기에 도착했어야 했는데…….

그토록 방해가 너무 심했으며, 위험한 순간도 있었다.

만약…….

크르륵

"이것 참, 쉴 틈을 주지 않는구만."

시드는 이젠 지겹다는 어투로 투덜거렸다. 일어서는 그의 육체가 꽤 지친 듯 보였다.

"20마리 정도다."

서로에게 등을 맡긴 채 셋은 마나를 끌어올렸다.

이곳 섬의 몬스터 20마리면…… 그들 셋으로 상대하기 어려웠다.

즉, 마나를 끌어올리는 것은 도망치기 위해서!

웬만하면 싸우는 것을 제외할 때는 마나를 쓰고 싶지 않았지만 지금은 어쩔 수 없었다.

그 정도로 적들의 인원이 많았으며 위험했다.

"가자!"

타아앗!

다가오는 20마리의 기척을 느끼며 반대 방향으로 쏜살같이 달리기 시작한 셋!

그런데 놀라운 상황이 펼쳐졌다. 그쪽 방향에서 갑자기 괴물들이 솟구쳤다.

몬스터인지, 아닌지 정체를 알 수 없는 놈들은 땅속에서 솟아올라 시드의 발목을 붙잡았다.

‘젠장!’

시드는 서둘러 마나를 검으로 옮기며 아래로 내려쳤다.

콰아앙!

폭발이 일어났다. 동시에 재차 달렸다.

지금은 한 놈, 한 놈 처지하는 게 중요하지 않았다. 어떻게
든 최대한 빨리 이 자리를 벗어나는 게 최선이었다.

또한, 이곳의 몬스터들은 어이없게도 죽이는 것조차 힘들었
다.

수없이 부딪치며 어쩔 수 없이 싸워야 할 때도 있었다.

그리고 전투를 벌일 때는 망설임없이 급소나 목숨을 노리며
검을 휘둘렀다.

한데, 위급한 상처를 입거나 위태로운 상황을 느끼면 몬스
터가 사라졌다. 마치 텔레포트를 하는 것처럼 말이다.

그래서 여기까지 오면서 단 한 마리도 죽이지 못했었다.

“시, 시드.”

“그래.”

몇 걸음이나 더 움직였을까.

노력에도 불구하고 일행은 제자리에서 멈출 수밖에 없었다.

느껴졌다, 앞은 물론, 사방에서 자신들을 조여오고 있는 몬
스터 군대를.

“정말 대단하군……”

자신의 처지와 어울리지는 않지만 시드는 진심을 담아 말
했다.

몬스터들만으로 자신과 우드, 샤인한테 위기를 느끼게 하고 있었다.

마르트 왕국의 초인족들이 왜 마녀를 잡기 위해 고생했는지 이해가 됐다.

번쩍!

결국 시드는 피할 수 없음을 느끼며 플루닉을 소환했다.

일단 한곳을 무너뜨리고 빠져나갈 계획이었다.

정 위험해지면 어쩔 수 없이 이동 주문서를 찢어야 하고 말이다.

벨케는 괜찮다고 했지만 혹시 몰라서 에스한테 부탁해 주문서를 챙겨왔었다.

"간다!"

시드는 외침과 함께 마나를 아끼지 않고 끌어올렸다.

그런 시드가 선택한 것은 오른쪽이었다. 몬스터들의 인원이 가장 적었다. 그 수는 다섯.

쿠웅! 쿠웅!

푸른빛의 에트 급 플루닉이 선두로 달려나가며 마나포를 발휘했다.

그 뒤를 이어 우드 역시 마나포를 쉬지 않고 사용했으며, 샤인 역시 자신의 실력을 한껏 뽐내며 몬스터들과 맞섰다.

그리고 시드의 예리하고 정확한 검이 몬스터들의 빈틈을 파고들자, 다섯밖에 존재하지 않던 오른쪽은 어렵지 않게 돌파할 수 있었다.

하지만 그 순간이었다.

시드는 달콤한 향기를 맡았다. 마치 과자를 굽는 냄새 같기도 하고, 고소하기도 했다.

한데 그와 동시에 몸에서 힘이 빠져나가는 것을 느꼈다.

"모두 호흡을 멈춰!"

시드는 다급히 외치며 숨을 들이시지 않았다.

그러나 우드는 너무 많이 들이마셨는지 휘청거리기 시작했고, 샤인 역시 제대로 몸을 겨누는 게 힘든 듯 보였다.

'빌어먹을. 돌아가야 되나……'

시드는 이빨을 꽉 깨물었다.

신체 기능이 저하되기는 했지만 다른 증상은 없었기에 못 견딜 수준은 아니었다.

하나 문제는 정체를 알 수 없는 향기와 몬스터 군대가 한편이라는 점이었다.

잠시 지체하는 사이에 어느덧 몬스터들이 지척까지 접근해 으르렁대고 있었다.

"돌아가자."

포기하고 싶지 않았지만 더 이상은 무리라고 느낀 시드가 결심을 하며 마법 주머니에서 주문서를 꺼냈다.

그러자 우드와 샤인 역시 급히 주문서를 꺼내 찢었다. 그와 함께 모두의 얼굴이 창백해졌다.

주문서를 찢었음에도 불구하고… 아무런 변화가 없었다.

마치 고대의 마법이 감싸 안은 왕궁처럼……

                    *   *   *

　"자, 자네 지금 뭐라고 했는가?"

　술잔을 내려놓는 바에튼의 손이 부들부들 떨렸다.

　그는 자신의 귀를 의심하고 싶었다. 그렇지 않고서야 어찌…….

　"아이들이 간 곳은 마녀의 섬이라고."

　하지만 바에튼과는 정반대로 벨케는 아무렇지 않은 어투로 재차 알려줬다.

　"마녀의 섬이 어떤 곳인지 잘 알고 있지 않은가!"

　평소 화를 잘 안 내는 바에튼이 울컥하며 소리쳤다.

　어디에 있는지 알고 있다 할 때 위치를 물었다. 그런데 벨케는 알려주지 않았다.

　기다리면 시드가 금방 가지고 올 것이라고 할 뿐.

　무슨 꿍꿍인지는 모르지만 그가 그렇게 말한다면 물어봐도 위치를 알 수 없다는 판단하에 더 이상 캐묻지 않았었다.

　단지 떠나기 전 시드를 잠시 만나 자신 때문에 고생을 하는 듯해서 미안하다는 말을 전했을 뿐이었다.

　그리고 저녁, 술을 한잔 마시면서 무심결에 벨케한테 물어봤다. 그러자 마녀의 섬이라는 대답이 나왔다.

　마녀의 섬! 지금은 손을 놓고 있지만 한때 바에튼 왕국에서 몇 번이나 무너뜨리려고 했었다.

또한, 그때마다 적지 않은 피해를 입었고 말이다.

한데… 그곳에 단지 세 명을 보내다니.

아무리 그들이라 할지라도 마녀의 섬에서는 무사히 돌아오기란 쉽지 않은 일이었다.

그들의 실력을 잘 안다. 아니, 더 높게 평가한다 할지라도 대답은 같았다.

그토록 무서운 곳이 다름 아닌 마녀의 섬이었고, 마녀와 몬스터 군대가 나와서 난동을 피우지 않는 이상 왕국조차 손을 뗄 만큼 까다로운 존재였다.

"분명히 시드 혼자서도 충분하다고 하지 않았나?"

"에? 그 말을 믿었어?"

뻔뻔한 얼굴로 반문하는 벨케로 인해 바에튼은 할 말을 잃었다.

"만약… 잘못되면 어쩌려고……."

"그러면 거기까지인 거지."

바에튼은 절망 섞인 한숨을 내쉬었다.

그래. 원래 이런 사람이었다. 남들에게는 너무나 심각한 일을 그와 얘기를 하면 사소한 일로 돌변한다.

하나 이번만큼은 그리할 수 없었다.

아이들이 잘못된다면 그건 자신 때문이었다.

자신을 대신해 꽃을 구하기 위해 간 것이니 말이다.

그렇게 위험 속에 빠진 것도 모른 채… 무사히 돌아오기만을 바라고 있었으니.

“가보겠네.”

“마녀의 섬에 말인가?”

바에튼이 붉어진 얼굴로 일어서자 벨케가 귀를 후비며 물었다. 그는 여전히 자리에 앉아 평온한 태도를 취하고 있었다.

“당연한 거 아닌가? 아이들이 위험할지도 모르는데 말이야!”

“당연히 위험하겠지, 아직은 그 아이들이 감당할 수 있는 곳이 아니니. 그러니깐 보냈지.”

“시드는 자네의 마스터네……”

“이봐, 바에튼.”

벨케의 얼굴에서 장난기가 사라졌다. 그가 진지한 얘기를 하려 한다는 사실을 바에튼은 알 수 있었다.

“그래. 시드는 나의 마스터야. 그렇기에 기회가 온 김에 경험을 시켜주고 싶었지. 마녀의 무서움을, 그리고 몬스터의 무서움을……. 라탈 급, 마탈 급. 세상에는 그들만이 강자가 아냐. 뭐, 사실 자네의 일이 아니었더라도 어차피 알려줄 때가 됐기도 했었고.”

“무슨 말인가?”

바에튼은 천천히 자리에 앉았다.

지금 벨케의 얘기로 인해 자신이 모르는 무언가가 있다는 것을 확실히 느꼈다.

“마스터를 믿어보라고. 크라운 쉐도우들도. 그리고 마녀도 말이지. 절대 그들은 죽지 않아.”

벨케는 그 말을 끝으로 글라스에 가득 차 있는 술을 단숨에
비웠다.

＊　　　＊　　　＊

"으윽… 여기는 어디지?"

시드는 정신을 차리며 두 눈을 떴다.

동시에 끝없는 두통이 밀려왔지만 이를 악물며 참아내고,
주위를 살폈다.

그런 시드의 두 눈동자는 무언가를 발견하고 동그래졌다.

붉은 빛깔, 검은 빛깔을 시작으로 수많은 색이 나타났다가
사라지는 꽃.

아름다웠으며 고귀했고, 퇴폐함조차 느낄 수 있었다.

향기는 무어라 표현할 수 없을 만큼 황홀해 마약처럼 자꾸
만 맡고 싶었다.

그런 꽃들이 자신의 주위에 가득 피어 있었다.

살랑살랑!

바람이 불 때마다 연약하게 흔들리는 꽃들이 마치 인사를
하는 것 같은 착각 속에서 시드는 한참이나 시선을 떼지 못했
다.

그 정도로 눈앞에 존재하는 이 꽃은 이 세상의 물건이 아닌
것처럼 마력이 존재하는 듯했다.

왜 마르트의 왕이 죽기 전에 다시 한 번 보고 싶어했는지 이

해가 될 것 같았다.

"자, 잠깐만. 샤인은, 우드는?"

뒤늦게 정신을 차린 시드가 애써 꽃들에게서 시선을 떼며 주위를 살폈다.

그러면서 정신을 잃기 전의 기억을 더듬었다.

분명 이동 주문서가 먹히지 않아 어쩔 수 없이 몬스터들과 싸웠다.

시간이 지체되고 이제 무리가 오겠다고 느껴지던 그때 누군가의 목소리가 들렸다.

이제 그만 쉬어라…….

그 말 이후의 기억은 존재하지 않았다.

즉, 마녀라 추정되는 그녀의 말과 함께 자신은 의식을 잃었다는 뜻이었다.

'절벽이다.'

꽃들을 지나 벼랑 끝까지 간 시드는 현재 자신이 있는 곳이 목표 지점이었던 꼭대기란 사실을 알 수 있었다.

"샤인! 우드!"

시드는 소리를 질렀다.

무슨 이유인지는 모르겠지만 마녀는 자신을 죽이지 않고 잡아왔다.

그렇다면 샤인과 우드도 같이 잡혀왔을 확률이 크며 함께 있어야 했다.

'설마설마.'

시드는 자꾸만 불안한 예감이 들었다.

그는 마나를 끌어올려 메스토의 스텝을 발휘했다.

처음에는 꽃들에 정신이 홀려 몰랐는데, 화원 맞은편에 낡은 집이 하나 있었다. 분명 마녀가 있는 곳일 것이다.

“샤인! 우드!”

시드는 재차 고함을 지르며 문을 벌컥 열었다!

그리고 볼 수 있었다. 열심히 밥을 드시고 계시는 둘을……

“……”

“어어! 마스터! 일어났어?”

“히유, 히유!”

성큼성큼! 따악, 따악!

“커억!”

“히, 히유!”

자신의 예상과는 달리 너무나 평온한 그들로 인해 욱한 시드는 거침없이 다가가 꿀밤을 때렸다.

단, 일반적인 꿀밤이 아닌 마나가 잔뜩 실린!

그로 인해 우드와 샤인은 밥을 먹다가 말고 머리통을 부여잡은 채 방바닥을 뒹굴었다.

“도, 도대체 왜!”

“얄미워서.”

“우리가 뭘 잘못했다고!”

“알 것 없잖아!”

시드가 살벌하게 눈을 치켜뜨자 우드는 더 이상 아무런 말을 하지 않았다.

'내가 저놈을 걱정하다니…….'

시드는 조금 전 애타게 둘을 찾던 자신을 떠올리며 한숨을 내쉬었다.

그리고 마음을 진정시킨 다음 우드에게 물었다.

"도대체 어떻게 된 거야?"

도무지 알 수가 없었다. 마녀는 왜 죽일 수 있었음에도 살려 뒀을까? 애초에 죽일 마음이 없었다는 뜻인가?

왜? 그럴 거면 몬스터들로 그토록 위험하게 만든 건 무슨 이유이고?

생각이 꼬리를 물자 머릿속이 복잡해졌다.

끼이익.

그 순간이었다. 문 여는 소리와 함께 여자의 목소리가 들렸다.

"내가 얘기해 주지."

*　　*　　*

크라운의 섬.

한참 식사 시간이 펼쳐지고 있는 이곳에 사람들은 한곳을 힐끔힐끔 쳐다봤다.

그곳에는 메리아와 프리야 공작이 함께 앉아 있었는데 둘의 표정이 붕어빵처럼 똑같았기 때문이었다.

"왜 뚱해 있어?"

라인이 음식을 퍼 와서 그 앞에 앉으며 메리아한테 물었다.

오늘은 아이니가 정령술 연습으로 식사 준비를 하지 않아, 맛없는 걸 먹은 것도 아닐 텐데 말이다.

더불어 시드로 인해 속상했던 일은 다 풀렸었고 말이다.

"오빠가 외박했어!"

"그, 그렇구나."

예상치 못한 답변에 라인은 어색하게 웃으며 고개를 끄덕였다.

금방 오겠다고 하고 갔는데, 하루가 지나도 연락이 없자 속상했던 모양이었다.

"늦어지면 통신한다 해놓곤……."

혹시 몰라 시드는 메리아에게 마법 통신을 챙겨주고 갔다.

하지만 워낙 하루 종일 일이 많았고, 깨어나서도 충격의 연속이기에 메리아를 떠올리지 못하고 있었다.

"프리야 부대장님은 왜 그러세요……."

속상함을 먹는 걸로 푸는 듯 무지막지하게 밥을 퍼먹는 메리아를 달랜 라인은 옆에서 느껴지는 우울 모드를 느끼며 조심스럽게 물었다.

에스가 쓰러졌을 때를 빼고는 그의 저런 표정은 보지 못했었다.

혹시 말못할 고민이 있는 게 아닐까 하는 걱정이 들었다.

"에스가 외박을 해서 그러네."

“……”

“금방 어디 좀 갔다 온다더니 외박을… 늦으면 통신을 한다 해놓고…….”

결국 메리아와 똑같은 이유!

‘늙으면 애가 된다더니… 아니, 사랑하면 아이가 되는 건 가…….’

프리야 공작에게서 뜻밖의 면을 발견한 라인은 속으로 웃음을 터뜨렸다.

언제나 강인하고 인자하며, 가르침을 주던 그가… 메리아와 같이 저렇게 삐쳐 있다니.

왠지 그 모습이 귀엽게 느껴졌다.

“시드와 에스님도 메리아와 프리야 공작님 생각하고 있을 거예요. 금방 올 테니 너무 염려하지 마세요.”

“진짜?”

“그렇겠지?”

둘의 간절한 눈빛!

내심 늦게 오면 어쩌나 하는 불안함이 들었지만 라인은 선의의 거짓말을 떠올리며 고개를 끄덕였다.

그러자 메리아와 프리야 공작의 표정이 환하게 밝아졌다.

라인의 애기를 듣고 보니 자신들이 너무 과민했던 것 같기도 했다.

“메리아, 이 반찬도 먹어보렴. 맛있구나!”

“할아버지, 이것 좀 드셔보세요!”

“고맙구나. 시드가 부러운걸?”

“저는 에스 언니가 더 부러운데요?”

“이놈! 으하하!”

“헤헤헤!”

“…….”

급속도로 친해지는 단순한 메리아와 프리야 공작이었다.

＊　　　＊　　　＊

“에스님?”

“그래, 시드.”

시드는 지금의 상황이 이해가 되지 않았다.

낯익은 목소리라 설마설마했는데 이곳에 왜 에스가 있다는 말인가.

“나오너라.”

그 말과 함께 에스는 문을 열고 나갔고, 시드는 어안이 벙벙한 채로 그 뒤를 따랐다.

“예전에 이곳에는 내가 아닌 다른 마녀가 있었지. 소문에 관해서는 들었겠지?”

“네.”

화원을 사랑스럽게 바라보며 에스가 묻자, 시드는 고개를 끄덕였다.

당장 묻고 싶은 게 많았지만 그는 꾹 참았다. 기다리면 에스가 하나씩 얘기해 주리라 믿었기에.

"그때 벨케와 내가 이곳을 찾았단다. 몬스터 군대에 홍미가 있었거든, 같은 마녀란 사실도 그렇고."

"그러셨군요."

"네가 겪은 일을 우리도 경험했지. 다만 벨케와 나를 상대하기에는 몬스터 군대는 역부족이었고, 우리는 어렵지 않게 마녀를 만났다."

시드는 동감했다. 자신들은 그토록 힘겨웠지만, 에스는 마탈 급의 힘을 쓸 수 있는 마녀였고, 벨케는 최강의 초인족이니.

"마녀는… 죽어가기 직전의 상태였지. 얘기를 들어보니 그녀도 안타깝더구나. 희생양이었어."

"희생양이요?"

"그래. 마녀 사냥의 희생양."

시드는 눈살을 찌푸렸다.

마녀 사냥… 그로 인해 수많은 이들이 화형을 당하거나 고문 속에서 목숨을 잃었다.

하나, 그중에서 실제 마녀는 과연 몇 명이나 존재했을까.

아니, 실제 마녀가 있었다 할지라도 죄를 안 지었다면, 마녀란 이유만으로 그런 취급을 받아야만 하는 것이었을까.

"마녀로 지목받고 지독한 고문을 받았더군. 힘겹게 탈출한 뒤… 평범한 여자였던 그녀는 정말로 마녀가 되고 말았지. 악마를 소환해서 말이야. 그 후 몬스터들을 이용해 힘을 키우고 있었어, 자신을 이렇게 만든 사람들한테 복수하기 위해서."

"그런데 발견됐군요."

에스는 고개를 끄덕였다.

"그래. 그때부터 마녀에게는 고난의 연속이었지. 도망칠 때는 악마의 힘을 빌렸다고 하더군."

시드는 에스가 마탈 급의 힘을 발휘하던 순간을 떠올렸다.

"그로 인해… 마녀의 수명은 급속도로 꺼졌던 거야. 악마의 힘을 쓰게 되면 수명이 줄어드니까."

"아……."

시드의 얼굴에 슬픔이 찾아왔다.

자신 역시 살기 위해 생명을 소모하면서 후유증을 가지게 되지 않았던가.

아닐 거라 믿고 싶었는데… 악마의 힘을 빌릴 때마다…….

"그런 눈빛을 짓지 않아도 돼. 나는 아직 살날이 어느 정도 남아 있으니."

에스가 미소를 지었지만 시드는 그 웃음을 똑바로 쳐다볼 수 없었다.

"결국 마녀의 유지를 내가 이어받았지. 그 후 시간이 흘렀어. 다행스럽게도 마르트 왕국에서는 더 이상 추격을 하지 않았고, 나는 자유롭게 몬스터 군대를 성장시킬 수 있었어."

"그렇다면……."

"그래. 마녀의 섬에 현재 주인은 바로 나야."

"저에게 보여주고 싶으셨던가요?"

에스는 미소를 지었다.

“역시 이해가 빠르구나. 이제 슬슬 알려줄 때도 된 것 같고,
그리고 라탈 급 정도만 되어도 무시하는 몬스터들이 얼마나
위험해질 수 있는지도 보여주고 싶었어. 우리의 적은 아폴레
와 리스네지만… 사람만 상대하라는 법이 없거든.”

“그렇군요.”

시드는 고개를 끄덕였다.

사실 라탈 급만 되어도 다크 몬스터들도 크게 두렵지 않다.

하나 오늘 마녀의 섬에서 깨달았다, 몬스터들도 절대 무시
해서는 안 될 존재라는 것을.

“즐거운 시간이었어?”

“으하하. 좋은 경험이었습니다.”

“어땠어? 나의 군대는.”

“든든합니다.”

시드는 진심을 담아 말했다.

에스는 자신만 단련하지 않았다. 아폴레와 대적할 날을 위
해 또 다른 힘을 키우고 있었던 것이다.

“그런데 이 꽃은 뭐죠?”

시드는 에스의 곁에 다가가 물었다.

가까이 접근하니 재차 아름다움과 향기에 취할 것 같았다.

“예쁘지?”

“네. 표현하기가 힘들 정도네요.”

“마녀의 시체와 피를 먹고 자라는 꽃이지.”

“마녀의 피요?”

"그래."

에스가 꽃을 매만지며 얘기했다.

"그녀를 이곳에 묻었는데… 이 꽃이 자라기 시작하더군. 처음에는 나도 놀랐어. 그리고 우연히 꽃 위에 피를 흘린 적이 있었는데… 피를 머금은 꽃은 더욱 화려하고 진한 향기를 발산했어. 그 후 나의 피를 정기적으로 나눠주고 있어. 이 꽃들이 그녀처럼 느껴져서 말이야. 몬스터 군대를 선사했으니 나 역시 보답을 하고 싶었어."

"그러면 왕을 만난 분이……."

에스가 꽃 한 송이를 꺾으며 일어섰다.

"그래. 바로 나였어. 자, 이제 돌아갈까?"

CHAPTER 09
습격

"오빠… 아!"

섬에 도착하자 해변가에 있던 메리아가 달려와 품에 안겼다.

메리아의 곁에는 프리야가 함께였는데, 그는 체면상 메리아처럼 하지는 못했지만 말없이 에스의 손을 꼭 쥐었다.

"다녀왔어요……."

"보고 싶었소……."

만나자마자 염장질 작렬!

시드는 부러운 눈길로 둘을 바라봤다. 그리고 보니 요즘 좋은 만남을 가지는 이들이 많은 듯했다.

배커스도 마찬가지였고, 다른 이들 중에서도 종종 연인이 되는 경우가 있었다.

'나는 언제쯤이나…….'

시드는 자신의 곁에 누군가 있으면 어떨까 생각했다.

한 여자를 사랑해 없으면 죽을 것 같은 감정을 느껴본 적이 없어서인지 쉽사리 떠오르지 않았다.

시드에게 있어 그런 여자는 전생의 여동생뿐이었다. 지금 생에서도 어쩌면 마찬가지일지 모르고 말이다.

연애를 하기에는 처리해야 될 일이 너무 많았다.

'그런데 왜 시란이…….'

찰나였지만 시란이 스쳐 지나간 것을 떠올리며 시드는 왠지 모를 쑥쓰러움에 고개를 저으며 메리아의 손을 잡고 안으로 들어갔다.

"이게… 그 꽃이군."

"너무 예뻐요."

시드가 걱정되어 이곳에서 머물렀던 바에튼은 탄성을 흘리며 꽃을 바라봤다.

가지고 왕궁에 가야 하나 감히 손을 대기가 부담스러울 정도였다.

그 곁에 있는 시란 역시 넋을 놓고 바라봤으며, 홀에 모인 모두가 마찬가지였다.

"침 떨어지겠어요."

시드가 웃음을 흘리며 바에튼에게 농을 건넸다. 그때서야 그는 꽃을 소중히 보듬으며 마법 주머니에 집어넣었다.

그러자 꽃을 처음 본 모두의 입에서 탄식이 새어 나왔다.

"고맙네, 정말."

"항상 신세만 졌는 걸요."

"아니야, 아니야. 잊지 않겠네. 일단 나는 가보겠어."

바에튼은 현왕의 상태를 떠올리며 자리에서 일어나 간략히 인사를 한 후, 서둘러 이동 주문서를 찢었다.

"하아, 힘들었다."

시드는 기지개를 길게 피며 바닥에 몸을 눕혔다. 수련을 하기 전에 잠시만 누워 있고 싶었다.

"아, 맞다. 메리아."

"응?"

시드가 옆에 함께 누워 있는 메리아의 옆얼굴을 바라보며 살짝 미소를 지었다.

이렇게 가까이서 보니 메리아도 참으로 예쁘다는 생각이 들었다.

"선물."

"선물?"

메리아가 의아한 얼굴로 되물었다.

방금 꽃을 구해왔는데 선물을 살 겨를이 있었다는 것인가…….

사아아.

"우와!"

시드가 마법 주머니에서 조심스레 무언가를 꺼내자 메리아의 얼굴이 밝아졌다.

그것은 다름 아닌 에스가 키우고 있는 그 꽃이었다.

에스에게 물어보니 위험하거나 그렇지는 않다고 했다. 다만 자신의 피를 주지 않으면 오랫동안 버티지 못한다고 했다.

그래서 조심스럽게 양해를 구했다. 꽃은 많지만 에스에게는 의미가 남달랐으니 말이다.

그러자 에스는 그녀도 이해해 줄 것이라 말하며 건네줬었다.

"정말 나 주는 거야?"

메리아가 꽃에서 눈을 떼지 못하며 묻자, 시드는 고개를 끄덕였다.

"고마워."

뜻밖의 선물, 메리아는 가슴이 뭉클해졌다.

더군다나 한 나라의 왕이 죽음 직전에 찾을 정도의 귀한 꽃이었다.

마치 세상을 모두 얻은 것과 같은 기분이 들었다.

아주 잠깐 동안은.

"이건 시란님."

"어머, 저도요?"

"이건 라인님."

"나도 주는 거야?"

슬금슬금.

'응? 뭐지?'

챙겨온 꽃을 건네준 시드는 알 수 없는 오한과 함께 주위를 둘러봤다. 갑자기 사람들이 자신의 곁에서 후퇴하고 있었다.

동시에 살점을 파고드는 끔찍한 살기!

"……."

왠지 낯익은 살기라 느끼며 시드는 천천히 살기가 발생되는 곳으로 고개를 돌렸다. 그리고 볼 수 있었다.

웃고 있지만 이마에 핏줄이 돋은 메리아를…….

"이 바람둥이!"

"커어억!"

모두는 말없이 시드의 명복을 빌었다.

"오오! 그래, 바로 이 꽃이네! 바에튼, 고맙네, 고마워!"

바에튼이 건넨 꽃을 받아 든 왕은 진심으로 기쁨을 금치 않았다.

한번 보고 잊혀지지 않았던 꽃을 이제라도 볼 수 있게 되다니.

평소 병색이 완연한 그의 모습은 온데간데없고, 지금 이 순간만큼은 건강을 되찾은 듯 보였다.

'저놈이…….'

'낭패군.'

'어떻게 찾은 것이지?'

하지만 뒤에서 기립해 있는 베부드를 포함한 세 장로의 표정은 밝지 못했다.

그토록 수소문하고, 노력했으나 코빼기도 보이지 않던 꽃이
었다.

타락한 질투는 꽃의 아름다움조차 보지 못하게 만들었고,
향기를 막아버렸으며, 단지 분통을 터뜨릴 뿐이었다.

'위험하다. 만약 저놈이 다른 장로들에게 간다면…….'

'안 돼. 만약 저놈이 베부드에게 간다면…….'

베부드와 두 장로는 서로의 눈치를 살폈다.

바에튼은 이번 일로 인해 왕의 신임을 받게 될 것이다.

만약 그가 어디 한 세력에 붙게 된다면 지금까지 팽팽하게
이어지던 줄다리기가 한 번에 균형을 잃게 된다.

다른 귀족들이 바보가 아닌 이상 패배가 불 보듯 뻔한 곳에
남아 있지 않을 테니 말이다.

그런데 문제는 바에튼이 어떤 세력에도 갈 마음이 없다는
것이다.

처음에는 그 점이 두 진영 사이에서는 희망이었다.

바에튼만 데리고 올 수 있다면 자신들이 승리할 수 있다!

하나 지금은 그 점이 오히려 두 진영 사이에서 불안 요소였
다.

아무리 약과 매를 써봐도 바에튼이 지금까지 움직이지 않았
기 때문이었다.

그런 바에튼이 이제는 예전에 비해 더 큰 신임까지 받게 됐
으니 불안감은 더욱 커질 수밖에 없었다.

베부드의 입장에서는 자신과 감정이 좋지 않기에 당연히 두

진영 중 선택하라면 두 장로에게 갈 것이라는 추측을 할 수밖에 없다.

두 장로 역시 바에튼이 자신들과 왕자를 좋아하지 않는단 사실을 알고, 지금까지 계속 거절당했기에 베부드와 그의 사이를 알아도 확신할 수 없었다.

그렇다면 어떻게 해야 할까.

가장 손쉬우면서도 단순한 해결책은 단 하나였다. 편이 될 수 없다면… 제거를 하는 것!

하지만 쉽게 내릴 수 있는 결정은 아니었다.

바에튼은 장로 중 한 명이었기에 죽임을 당하면 논란이 일어날 수밖에 없었다.

반대 세력에서 그 점을 미끼로 몰아붙일 수도 있고 말이다.

거기다 베부드는 알고 있었다, 바에튼의 곁에 있는 실력자들을. 자신이 직접 경험하지 않았던가.

'그렇다면……'

베부드의 시선이 두 장로에게서 멈췄다.

아까와 다른 점이 있다면 살의가 사라지고 부드럽게 풀렸다는 것이다.

그 변화는 베부드뿐만이 아닌, 두 장로 역시 마찬가지였다.

적이지만 같은 생각에서 머무는 순간, 잠시나마 편이 될 수 있다는 사실을 셋 모두가 잘 알고 있었다.

바에튼은 골칫거리였다. 도박과 같은 존재였다.

　그러나 자신들에게 올 생각을 안 하니 어떻게든 처리하고 싶은 심정은 양 진영 모두가 똑같았다.

　그러면 적어도 바에튼으로 인한 불안감은 사라질 테니깐.

　'하지만 그전에……'

　'한 번 더 노려봐야지.'

　베부드가 살포시 미소를 지었다. 두 장로 역시 마찬가지였다.

　최악의 경우 손을 잡을 계획, 단… 마지막으로 바에튼을 한 번 더 유혹하기로 똑같이 생각하면서.

　그들로서는 바에튼에게 주는 마지막 기회가 될 터였다.

　"후우우……"

　"하아, 하아."

　시드와 스로우는 검을 겨눈 채 서로를 바라봤다.

　그들의 손에는 목검이 들려 있었으며, 시드의 시한부로 인해 마나를 사용하지 않은 채 승부가 진행되고 있었다.

　"정말 대단하구나."

　그 대결을 지켜보는 많은 이들 중 프리야가 흐뭇한 얼굴로 말하자, 주위의 이들이 그에게 시선이 맞춰졌다.

　"마나와 진검을 사용하지 않음에도 이토록 손에 긴장을 쥐게 하는 대결은 오랜만이야. 또한, 순발력이나 상황 판단력이 감탄을 토해내게 만들어. 시드와 스로우, 저 둘 모두는 매번 최선의 결정을 내리며 움직이고 있지. 마나란 절대적인 힘을 벗

은 저들의 실력을 보니 오히려 난 그동안 과소평가를 하고 있
었군."
　프리야 공작은 칭찬에 인색하지도 않지만 후한 편도 아니었
다.
　하지만 시드를 볼 때마다 칭찬을 아낄 수가 없었다.
　더군다나 스로우와 함께하니 더욱 빛나는 듯했다.
　지금은 마나를 사용하지 않고 있지만, 마나를 쓸 때의 시드
와 스로우는 라이벌이라 불러도 좋을 만큼 쉽게 우열을 가릴
수 없으니 말이다.
　'이기기 힘들겠군.'
　스로우는 목검을 힘주어 잡으며 숨을 골랐다.
　마나를 사용했을 때의 자신과 시드는 막상막하라 표현할 수
있을 정도였다.
　마나는 자신이 월등하지만, 마탈 급의 깨달음과 육체, 실력
이 부족한 부분을 채워줬기 때문이다.
　그렇기에 마나를 제외한 대결에서는 시드가 너무나 힘겹게
느껴졌다.
　그의 순간, 순간 매서운 공격은 등에서 식은땀이 날 정도였
고, 시드가 피할 수 없다고 확신을 해도 그는 어떻게든 막거나
아슬아슬하게 위기를 모면했다.
　스로우는 그 점이 더욱 크게 다가왔다.
　간발의 차이로 한두 번 피하면 운이지만 매번 그렇다면 일
부러 그리하는 것이었다.

스스로에게 확신을 가질 수 있을 때 나타나는 행동이었고, 최대한 힘의 소모를 줄이며 빠른 반격을 하기 위해서.

'즐겁다.'

시드는 진심으로 기뻐했다.

사실 처음에는 자신감이 있었다. 어렵지 않게 이길 수 있으리라고.

하나, 스로우는 역시 뛰어난 기사였다. 실전 경험도 풍부하기에 예상치 못한 공격을 허용하기도 했다.

'앞으로가 기대되는걸.'

시드는 사람이 한계를 넘어설 수 있는 방법 중 하나가 바로 라이벌이라고 생각했다.

누가 앞서서도, 누가 뒤쳐져도 안 된다. 대등한 실력의 둘이 선의의 경쟁을 하며 함께 성장하는 것.

그래서 무엇을 하든 경쟁자는 중요한 것이다.

우드와 샤인을 붙이는 것도 그러한 이유에서였는데, 시드에게는 그럴 만한 이가 존재하지 않았다.

자신보다 강하거나, 약하거나 격차가 심했다.

그러나 스로우는 달랐다. 비록 마나가 없을 때는 자신이 우세지만, 그는 매번 대결을 할 때마다 진심을 다하게 만들어준다.

그뿐 아니라, 한계를 넘어 스스로조차 놀란 실력을 나타나게도 해줬다.

그렇기에 시드는 지금 이 순간이 참을 수 없을 만큼 즐거웠다.

"갑니다!"

서로의 빈틈을 노리며 숨을 고르는 시드와 스로우.

곧 시드가 숨을 크게 들이마시면서 빠른 발놀림으로 파고들었고, 둘의 목검이 부딪치며 맑은 소리를 울렸다.

*　　　*　　　*

그 시각, 에스는 저도 모르게 잠이 들어 있었다.

에스 정도의 실력자가 낮잠을 자는 경우는 많지 않았다.

정말 힘든 대결을 치르거나, 몸이 극도록 안 좋을 때를 제외하고는 말이다.

그렇기에 에스는 졸음이 서서히 밀려오자 예상할 수 있었다, 또 다른 미래를 보여주기 위함이라고.

비명. 사방에서 비명 소리가 들렸다.

진득한 피비린내가 코를 찔렀으며, 통곡이 끊이지를 않았다.

어디지? 어디야! 에스는 어디서, 누구한테 일어나는 일인지를 보기 위해 정신을 집중했다.

하지만 그녀의 바람과는 달리 어둠이 잠식하고 있었다.

살려줘, 살려줘, 살려줘!

구원을 바라는 애달픈 목소리가 귀를 찢었다. 에스는 머릿속이 터질 것 같았지만 절대 의식을 놓지 않았다.

확인해야 했다. 그래서 막을 수 있다면 막아야 했다.

푸우욱!

그때 살을 관통하는 소리와 함께 에스는 소름이 돋으며 천천히 고개를 돌렸다.

뚜욱… 뚜욱…….

가슴에 검이 박혀 있었다. 누구의 가슴인지는 알 수 없지만… 그 검을 타고 흐르는 피가 바닥에 떨어지고 있었다.

보이는 건 단지 가슴에 박힌 검.

에스는 제발… 기도를 하며 시선을 위로 향했다.

그러나 얼굴을 미처 보지 못한 채 에스는 꿈에서 깨어났다.

"헉, 헉……."

에스의 얼굴은 새하얗게 질려 있었고, 옷은 식은땀에 젖어 몸에 달라붙어 있었다.

'누구지? 누가 죽는 거야.'

에스는 방금 전 본 광경을 머릿속에서 반복해 떠올렸다. 그렇지만 알아낼 수 없었다.

크라운에서 벌어질 일인지, 다른 곳의 위험인지.

확실하게 보일 때도 있지만 이토록 암시만 줄 때도 존재했다. 더불어 간혹 꿈과 일치하지 않을 때가 있었다.

왕궁의 반란을 미리 꿈에서 봤던 에스. 그때 분명 프리야 공작이 위험에 처했었다.

하나 시드와 벨케의 도움으로 프리야 공작을 안전하게 데리고 올 수 있었다.

　단, 그때는 프리야 공작이 위험하다는 사실을 알 수 있었기에 꿈을 변화시킬 수 있었으나, 지금은 아니었다.

　누구인지도, 어디인지도 알 수 없는데 도대체 어찌 도움을 준다 말인가.

　'제발… 아무 일 없기를…….'

　에스는 힘겹게 일어나 창가로 다가갔다.

　시드와 스로우가 대결을 하고 있는 모습이 보였다.

　그 곁에 자신의 연인인 프리야 공작이 바닥에 앉아 흥미롭게 지켜보고 있었으며, 벨케 역시 눈에 들어왔다.

　이기적인 생각일지는 모르나, 꿈속의 주인공이 제발 저들 안에서는 없기를 바라는 그녀였다.

*　　　*　　　*

　"미안하네만… 나는 그럴 수 없네."

　"정말 이러기인가?"

　바에튼은 베부드의 차가운 눈빛에도 자신의 신념을 굽히지 않았다.

　여전히 두려운 것은 마찬가지이지만 이곳은 자신의 저택이었고, 바에튼이 무슨 수작을 부리지 못할 것이라 확신하기 때문이다.

　아니, 일을 벌인다 할지라도 크라운에서 얼마든지 사람들이 금방 도움을 주러 올 수 있었다.

더불어 벨케가 만약을 대비해 보이지 않는 곳에서 감시하고 있었다.

"변함이 없군……."

베부드가 이빨을 드러내며 웃었다.

바에튼은 저도 모르게 몸을 움찔 떨었지만 속으로 스스로를 부여잡았다.

두려워하지 말자. 물러서지 말자.

"자네는 끝까지 그 어디 줄도 안 잡겠다는 뜻이지?"

마지막 유혹에도 불구하고 바에튼은 뿌리쳤다.

재물이나 명예에 관심이 없다는 사실은 잘 알지만 지금 그의 행동은 너무나 어리석었다.

"그렇다네. 잡을 줄이 없으니."

바에튼은 솔직한 자신의 심경을 털어놓았다.

베부드나, 두 장로. 양대 세력의 중심인 두 왕자.

그들의 성품을 떠올렸을 때 그 어떤 곳도 바에튼은 손을 들어줄 수 없었다.

"후회할 텐데?"

베부드의 얘기에 바에튼은 술을 한 모금 마시며 쓰게 웃었다.

자신 역시 잘 알고 있었다. 분명 마르트의 새로운 왕은 두 왕자 중에서 결정된다.

둘 모두가 왕위 계승전에 죽지 않는 이상은 불변의 법칙이었다.

그럴 경우 누가 왕이 된다 할지라도 바에튼은 설 자리가 없어진다.

어쩌면 반대편 세력과 함께 죽임을 당할지도 모르는 일이었다.

지금까지 수없이 거절하면서 왕비와 왕자들 모두에게 미움을 받고 있을 테니까 말이다.

그렇기에 왕위가 넘어가기 전 장로 자리를 그만두고 떠날 계획이었다.

이제는 편안하게 쉬고 싶었다. 하루하루 피 말리고 괴로운 장로의 생활은 더 이상 버겁게 느껴졌다.

"마지막으로 다시 묻지. 우리와 손을 잡지 않겠는가?"

바에튼은 왠지 모를 불안함이 느껴졌다. 이때까지 베부드와 분위기가 달랐다.

원래 그라면 뜻대로 되지 않는 지금 화를 내거나 협박을 해야 정상이었다.

그런데 마치 스스로가 우위에 있다는 듯한 태도를 취했으며 여유까지 느껴졌다.

'내가 모르는 무언가가 있는 것인가… 아니면 단지 폐하의 신임을 받아서인가.'

베부드가 오기 전에는 두 장로가 찾아와 회유했었지만 똑같이 거절했었다.

"미안하네. 나는 그 어디와도 같은 배를 탈 생각이 없네."

꽃으로 인해 예전보다 더욱 큰 신뢰를 얻었기에 충분히 오늘의 일은 있을 수 있었다.

그러나 왠지 모를 찝찝함을 떨쳐 내지 못하며 바에튼은 변하지 않는 자신의 뜻을 전했다.

그와 함께 베부드는 쓴웃음을 흘리며 어깨를 한번 으쓱거리더니 자리에서 일어섰다.

"알겠네, 자네의 확고한 뜻. 잘 지내게."

베부드는 그 말과 함께 문을 열고 밖으로 나갔다.

그러자 바에튼은 길게 숨을 내쉬며 온몸에 힘이 빠져나가는 것을 느꼈는데, 동시에 벨케가 모습을 드러냈다.

혹시 몰라 감시하고 있었던 것이다.

"이상하군."

"그러게 말이네."

벨케의 표정은 어두웠다.

방 안에서 나눠진 대화를 대충 들어본 결과 이해는 할 수 있었다.

이제와 바에튼을 도발해 봤자 좋을 일이 없을 테니까.

다만… 사람의 성격은 쉽게 변화되지 않는다. 가면을 쓰고 있다 할지라도 내면은 다를 바 없다는 뜻이었다.

한데, 베부드에게서는 어떤 초조함이나 분노, 살기는 느껴지지 않았다.

마치 이제 바에튼은 오든 말든 큰 상관이 없다는 듯.

"우리가 너무 예민한 건지도 모르네."

“뭐, 그럴 수도 있지.”

바에튼의 말에 잠시나마 고민에 빠졌던 벨케가 머리를 박박 긁었다.

역시 머리를 쓰는 것은 자신과 맞지 않았다. 어차피 생각해 봤자 답을 알 수도 없는 노릇이고.

“술이나 한잔하게. 폐하께서 좋은 술을 하사하셨다네.”

“그건 마르리가 아닌가?”

바에튼이 긴장감을 떨쳐 내기 위해 마법 주머니에서 술을 꺼내자 벨케의 두 눈이 번쩍 뜨였다.

가격도 대단히 고가였지만, 왕궁을 제외하고는 보기 힘들 정도로 귀한 술이 마르리였다.

“역시 자네는 좋은 친구야!”

물질에 의해 친구를 판단하는 시드와 똑같은 가치관!

벨케는 언제 고민했냐는 듯 신난 얼굴로 잔을 내밀었다. 밤은 그렇게 깊어갔다.

베부드와 바에튼이 마지막 대화를 나눈 이틀 뒤.

어둠이 내려앉은 밀실에서 세 명의 인물이 앉아 대화를 나누고 있었다.

“우리가 의견이 맞을 때도 있군.”

“그러게 말이오. 크큭.”

“아무 탈은 없겠소?”

베부드는 비릿한 웃음을 흘렸다.

“누가 범인인지 알 수 없도록 하면 되는 것 아니겠소. 더군 다나… 우리에게는 그분들이 계시니……."

그분들이란 바로 마르트 왕국의 왕비들이었다.

현왕에게는 두 명의 왕비가 존재했고, 둘 다 아들을 낳게 됐 다.

1왕자, 2왕자는 형과 동생이란 뜻도 있지만 첫 번째 왕비와 두 번째 왕비의 자식이라는 이유도 있었다.

그래서 현재 양 세력은 어찌 보면 두 왕비의 전쟁이기도 했 다.

“아무도 살아남아서는 안 되오."

베부드는 다짐하듯 두 장로에게 얘기했다.

사실 정체가 발각될 확률은 높지 않았다. 아니, 거의 없다고 봐도 무관할 정도였다.

장로들 쪽에서 파견되는 실력자들은 위험하다 싶으면 곧바 로 빠져나오도록 되어 있기 때문이다.

그 외는 죽어서 얼굴이 밝혀져도 상관이 없었다.

장로들이나 왕비, 왕자들과는 전혀 무관한 인물들을 모집했 으니.

“오늘 하루를 즐깁시다."

“알겠소. 우리의 짧은 동맹이니."

장로들이 술잔을 올리자 베부드 역시 손에 잔을 쥔 채 마주 쳤다.

그런 베부드는 바에튼의 손녀인 시란을 떠올렸다.

베라데가 그토록 탐냈던 계집, 사실 그 마음은 자신도 다를 바 없었다.

그래서 혼인을 시키고 아무도 몰래 시란을 품에 안을 계획도 가지고 있었다.

'곧 내 손에 들어오겠군.'

베부드의 미소가 짙어졌다.

이제 혼인은 필요없다. 바에튼의 가문은 곧 사라지게 될 테니 말이다.

다만… 시란은 아니었다. 미리 믿을 만한 수하에게 귀띔을 해뒀다, 시란을 몰래 빼돌리라고.

"크큭, 하하하!"

웃음을 터뜨린 베부드의 두 눈동자가 음탕하게 젖어갔다.

스스슥.

하늘에 떠 있는 달빛이 수많은 그림자를 비췄다.

그림자들은 도둑질이라도 하듯 아주 조용히, 그리고 은밀하게 움직였는데 그 속도가 놀라웠다.

아무리 초인족의 나라인 마르트란 점을 감안한다 할지라도 대단히 빨랐고, 그들이 향하는 곳은 다름 아닌 바에튼의 저택이었다.

"하아암. 오늘따라 밤이 외롭구나."

야간 보초를 서고 있던 병사 중 한 명이 투덜댔다. 그러자 곁에 있던 다른 병사가 킥킥거리며 웃음을 흘렸다.

"네가 언제 외롭지 않았던 적이 있었냐? 그 얼굴을 해가지고는……."

"이, 이봐! 그래도 총각 딱지는 뗀 몸이라고!"

"그래. 뗐지. 그 여자애한테 술을 잔뜩 먹여서 말이야?"

놀림을 받는 병사가 발끈했다.

"그러는 지는! 노예 인간이랑 잔 주제에! 그런데 인간은 어떠냐? 나는 아직 인간 계집이랑 자본 적이 없어서 말이야."

"그게 말이지……."

발끈하다 말고 호기심을 주체하지 못하는 병사에게 경험이 있는 병사가 실소를 흘리며 그날 밤에 관해 얘기를 하기 시작했다.

그렇게 음탕한 얘기로 분위기가 후끈 달아오를 때였다.

"응?"

"왜 그래?"

"무슨 소리가 들린 것 같은데……."

"아니야. 얼른 계속 얘기해 봐. 인간 여자가 그리 좋아? 어디 왕국이었지?"

"잘못 들었나? 그래, 좋더군. 발라스 왕국의 계집이었는데 피부도 뽀얗고, 시키는 건 다 하더라고. 교육을 잘 받았어. 흐흐."

순간적으로 무슨 소리를 들은 것 같았지만 병사는 곧 개의치 않으며 얘기를 다시 재기했다.

그리고 재차 말문을 여는 순간,

우드득.

"무슨 소… 흐읍!"

병사의 두 눈동자가 급격하게 떠졌다.

괴이한 소리와 함께 바로 정면에서 애기를 듣고 있던 동료
의 뒤통수가 보였기 때문이다.

한마디로… 목이 돌아간 것이었다.

하나 동시에 뒤에서 덮친 두터운 손바닥으로 인해 그 역시
비명도 지르지 못한 채 두려움에 벌벌 떨었다.

"으읍… 으으읍…!"

병사는 어떻게든 소리를 지르려고 노력했다.

기습… 정체는 알 수 없지만 적들이 찾아왔다.

위험을 알려야 했으며, 자신 역시 살고 싶었다. 이대로 죽기
에는 너무나 억울했다.

하지만 병사의 바람과 달리 곧 그의 목 역시 단번에 꺾이며
바닥에 털썩 쓰러졌다.

한 명씩, 한 명씩… 죽음이 시작됐다.

*　　　*　　　*

'뭐지……?

시란은 어둠 속에서 두 눈을 떴다.

꿈을 꿨는데 아무것도 기억나지 않았다. 그런데 왜 이토록
불안하다는 말인가.

결국 시란은 마음을 진정시키기 위해 옷을 갈아입고 숙소에서 빠져나왔다.

차아악.

해변가에 온 시란은 시원하게 불어오는 바람과 파도 소리를 느끼고, 들으며 기분이 조금은 나아지는 듯했다.

'무슨 꿈이었을까……'

홀로 바다를 바라보며 시란을 기억을 더듬었다.

변함없이 그 무엇도 떠오르지는 않았지만 대단히 좋지 않은 꿈이었다라는 느낌을 강하게 받았다.

이제와 생각해 보니 꿈에서 비명도 들은 것 같았다.

'깊게 생각하지 말자……'

어차피 꿈은 꿈일 뿐이었다.

시란을 고개를 살짝 저으며, 양팔을 높이 치켜올렸다. 그때였다. 겨드랑이 사이에서 시드의 얼굴이 불쑥 나타났다.

"시란님, 이것 좀 드실……"

"꺄아악!"

철써억!

"시, 시드님, 죄송해요!"

"괜찮습니다……"

미안해서 어쩔 줄 몰라 하는 시란에게 시드는 애써 웃었다. 따지고 보면 자신의 잘못이니 말이다.

"한데 이 시간에 웬일로?"

"아, 그게 말이죠."

수련을 하고 숙소에 갔다가 아이니에게 붙잡혔다.

새로운 요리를 만들었는데 시식을 해달라는 것이었다.

시드는 거절했다. 자신이 아니어도 이제는 사람들이 무궁무진하지 않은가!

언제나 즐겁게 먹어주는 초인족들도 있었다. 그런데 왜 하필 자신을 희생시키려고 하는 것인가!

하나 침묵을 지키며 살벌한 눈빛을 선보이는 아이니로 인해 결국 시드는 눈물을 머금고 맛을 봤다. 혹시나는 역시나였다.

삶을 포기하고 싶게 만들며, 여자고 뭐고 두들겨 패고 싶은 맛!

그러나 시드는 여전히 명배우였다.

힘겹게 먹을 만하다는 명연기를 남기며 돌아섰지만… 아이니는 남기지 말라며 접시에 가득 담겨 있는 창작 요리를 건네줬다.

시드는 갈등했다. 접시를 얼굴에 집어던져 버릴까!

하지만 오래 살고 싶기에 알겠다고 대답한 후 해변가를 찾았다.

아무데나 버렸다가 만약 발견된다면 추궁을 면치 못할 테니 바다 멀리 집어 던져 버릴 계획이었다.

그리고 시란을 보게 됐다.

시드는 문득 장난을 치고 싶다는 생각에 시란의 뒤로 조심스럽게 다가갔다.

때마침 그녀가 기지개를 하기 위해서인지 양팔을 들어 올렸

고, 시드는 그 틈을 놓치지 않고 겨드랑이로 머리를 쑥 집어넣
게 된 것이다.

"이것 좀 드셔보시라고요."

시드는 따귀를 맞은 볼을 살짝 매만지다 손에 들린 접시를
내밀었다.

원래 온 목적과는 다르지만 시란은 아이니의 요리를 좋아했
고, 버리지 않아도 되니 일석이조였다.

"아… 저를 위해서 챙겨와 주셨는데 저는……."

"놀라셔서 그런 거잖아요. 신경 쓰지 마세요. 그거 아이니
누나가 새로 개발한 거래요."

"정말요?"

시란은 입맛을 다셨다. 일찍 잠들어서 그런지, 안 그래도 배
가 살짝 고팠다. 그러나 시란은 요리를 먹을 수 없었다.

지잉, 지잉.

새끼손가락에 껴 있는 반지에서 빛이 났기 때문이다.

"그건……."

밝던 시드의 표정이 굳어버렸다.

같이 지내면서 들은 적이 있었다, 저택에 위급한 일이 생겼
을 때 보내는 신호라고.

즉, 지금 바에튼의 저택에는 무슨 일이 발생했다는 뜻이고,
누군가가 다급히 마나를 불어넣어 상황을 알린 것이다.

"시드님……."

"제가 먼저 가보겠습니다. 벨케님하고 모두한테 알려주

세요.”

시드는 그 말과 함께 다급히 메스토의 스텝을 발휘해 워프 게이트 장소로 달려갔다.

혼자 가는 것은 위험할 수 있지만 시란은 전투에 능하지 않고 실력도 뛰어난 편이 아니었다.

더군다나 모두에게 말하고 함께 가자니 그사이 무슨 일이 벌어질지도 알 수 없고 말이다.

번쩍!

마나를 불어넣자 워프 게이트에서 빛무리가 발생하며 시드의 육체를 집어삼켰다.

“사, 살려주세요!”

“아아악!!”

“제, 제발!”

찌이익! 후두둑.

바에튼의 저택으로 넘어온 시드의 눈앞에는 지옥이 펼쳐져 있었다.

전투? 아니었다. 이것은 일방적인 학살과 다름없었다.

바에튼의 저택에도 수십의 신하들이 존재했지만… 살수들처럼 검은 옷과 복면으로 무장한 적들에게는 상대가 되지 않았다.

다른 장로들의 신하들과 각 국에서 실력자들만 고르고 골라 조직됐으니 당연한 결과였다.

더군다나 바에튼의 신하들은 기습을 당한 꼴이었고 말이다.

"비켜!"

콰아앙!

시드는 자신을 발견하고 달려오는 검은 복면에게 마나를 가득 실어 검을 휘둘렀다.

그러자 적은 기겁하며 가까스로 피했으나 팔 하나가 폭발하며 사라졌다.

"바에튼 장로님!"

시드는 큰 목소리로 외치며 그를 찾았다.

이 정도 규모와 실력있는 적들의 기습이라면 분명 목표는 바에튼이었다.

하지만 바에튼의 모습은 보이지 않았고, 적들 몇 명이 시드를 노리며 달려들기 시작했다.

"엄마, 엄마!"

그런 시드의 눈에 한 초인족 소녀가 보였다.

저택에 머물 때 몇 번 봤던 아이였는데, 바에튼 기사의 딸이었다.

그 소녀가 죽어버린 자신의 어머니를 끌어안고 울고 있었는데… 그 아이의 머리 위에서 거대한 도끼가 떨어지고 있었다.

"안 돼… 안 돼!!"

콰지직!

시드는 모든 힘을 발끝에 집중시키며 그 어떤 때보다도 빠른 속도로 파고들었다.

그로 인해 마나를 이겨내지 못한 지면에 금이 갔고, 시드를 노리려던 적들은 순간적인 그의 움직임을 따라잡지 못했다.

퍼어억! 주르륵…….

"아, 아아……."

하나… 간절한 바람에도 불구하고 시드는 소녀를 구하지 못했다.

지척까지 근접한 그때… 적의 도끼가 소녀의 머리를 산산조각 내버린 것이다.

시드는 멍한 표정으로 자신의 얼굴을 매만졌다. 소녀의 뇌수와 피가 튀어 범벅이 되어 있었다.

"네놈도 죽어라!"

소녀를 죽인 복면인이 괴성을 지르며 재차 도끼를 들어 올렸다. 그 도끼에는 마나가 빛나고 있었다.

"누구냐."

시드가 중얼거리듯 말했다. 그런 시드의 전신에서는 살기가 뻗어져 나왔다.

"네놈들은… 누구냔 말이다!"

파아앗!

시드의 전신에서 폭발하는 마나! 동시에 도끼는 산산조각이 나며 흩어졌고, 시드는 그의 양다리를 한 번에 베어버렸다.

"으아아악!"

그의 비명과 함께 적들의 모든 시선이 집중됐다.

'정신 차려!'

끔찍한 분노에 이성이 잡아먹힐 뻔한 시드는 스스로의 뺨을 때리며 마음속으로 소리를 질렀다.

아직 살아남은 이들이 있다. 저들이라도 살려야 했다. 정신을 놓게 되면 그들뿐 아니라 자신까지 모두 죽게 될지도 모른다.

'견디자.'

가까스로 마음을 달랜 시드는 숨을 강하게 한번 내쉰 뒤, 적들을 노려봤다.

지금쯤이면 시란이 얘기를 전했을 것이고 곧 모두가 와줄 것이었다.

잠시만… 아주 잠시만 버티면 된다.

그 순간이었다.

등 뒤에서 새로운 기척이 느껴졌고, 시드는 다급히 메스토의 스텝으로 그의 뒤로 움직여 검을 겨누다가 다급히 내렸다.

"바에튼님!"

그는 바에튼이었기 때문이었다.

"이, 이게 무슨 일인가!"

바에튼은 사색이 된 얼굴로 시드를 바라봤다. 그러나 설명할 여유가 없는 시드는 적들에게서 눈을 떼지 않은 채 속삭였다.

"바에튼님, 여기는 저에게 맡기……."

푸욱!

"어……?"

　　워프 게이트를 통해 피해 있으라고 말하려던 시드의 육체가
비틀거렸다.
　　뭐지… 무슨 일이지… 왜……?
　　시드는 호흡이 불편해진다고 느끼며 끔찍한 열기와 통증이
느껴지는 곳을 확인했다.
　　그리고 볼 수 있었다.
　　자신의 가슴에 박힌 피에 젖은 단검을.

『시드』 6권에 계속…

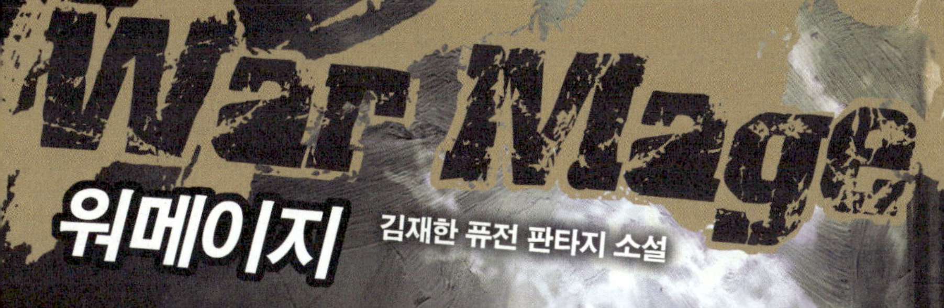

사람들이 인식하는 상식의 세계 이면,
짙은 어둠이 드리워진 그곳에 사는 괴물들이 있다.

문명이 드리운 그림자 속에서, 전투기계들과
인간의 사념으로부터 태어난 마물들이 격돌한다.
마법과 주술이 난무하는 초현실적인 전장,
소년은 그곳에 서는 대가로 인생을 잃었다.
운명의 노예가 되어 가족과 인성을 잃어버린 소년, 진유현.

총염(銃炎)과 검광(劍光)이 뒤얽히는
어둠의 거리에서, 운명의 족쇄를 끊고 나온
소년의 눈이 살의를 발한다.

유행이 아닌 자유추구 -
WWW.chungeoram.com
Book Publishing CHUNGEORAM

참마도 新무협 판타지 소설
鬼弓士
귀궁사

귀궁사
鬼弓士
참마도 新무협 판타지 소설
FANTASTIC ORIENTAL HEROES
1
귀궁사 鬼弓士
참마도 新무협 판타지 소설
청어람

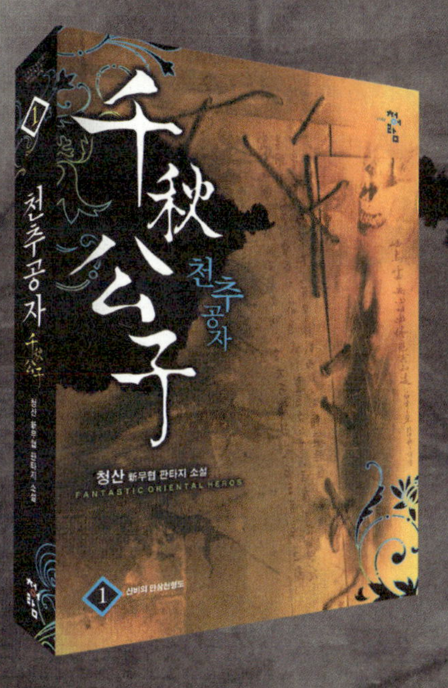
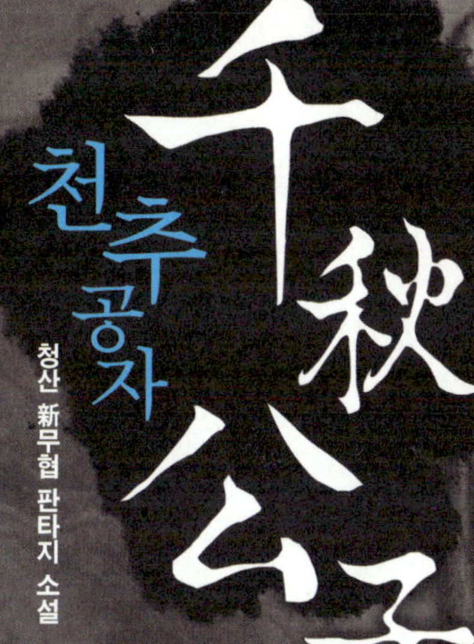

운명을 뛰어넘는 담대한 도전!

황제마저 농락한 숭문세가의 공자 문천추(文千秋).
용문에 이르기 전까지 그는 시문과 서화를 즐기며 대하를 누비는
한 마리 커다란 잉어였다.
그러나 운명은 그를 용문(龍門) 앞에 이끌었다.
용문의 드센 물살을 거슬러 올라 용(龍)이 될 것인가,
아니면 용문점액의 상처를 입고 추락할 것인가.

죽음의 하늘 사중천(死重天)!
오로지 파괴와 살육만을 일삼는 사마악(邪魔惡)의 결집체.
사중천의 어둠은 태양마저 가리며 천하를 뒤덮는다.
마침내 죽음의 하늘과 맞서는 용 울음소리.

천추(千秋)에 빛날 문무제일공자의 호쾌한 행보가 시작되었다.

少林棍王

소림 곤왕

한성수 新무협 판타지 소설

감동의 행진을 멈추지 않는 작가 한성수!

**구대문파 시리즈의 두 번째 이야기 『소림곤왕』!!
그 화려한 무림행이 펼쳐진다**

"너는 지금부터 날 사부님이라 불러야만 하느니라.
소림사의 파문제자인 나, 보종의 제자가 되어서 앞으로 군소리없이 수발을 들고 모진
고통을 이겨내며 무공 수련을 해야만 한다."

잡극계의 천금공자 엽자건!
소림의 파문제자 보종의 제자가 되다!!

역사와 가상.
실존의 천하제일인과 가상의 천하제일인에 도전하는 주인공!
이제부터 들어갑니다. 부디 마음껏 즐겨주시기 바랍니다.
- 작가 서문 中에서.